दैत्य की दीवानगी

अरुणा शर्मा अनोखी

Copyright © Aruna Sharma Anokhi
All Rights Reserved.

This book has been published with all efforts taken to make the material error-free after the consent of the author. However, the author and the publisher do not assume and hereby disclaim any liability to any party for any loss, damage, or disruption caused by errors or omissions, whether such errors or omissions result from negligence, accident, or any other cause.

While every effort has been made to avoid any mistake or omission, this publication is being sold on the condition and understanding that neither the author nor the publishers or printers would be liable in any manner to any person by reason of any mistake or omission in this publication or for any action taken or omitted to be taken or advice rendered or accepted on the basis of this work. For any defect in printing or binding the publishers will be liable only to replace the defective copy by another copy of this work then available.

क्रम-सूची

प्रस्तावना v

1. अध्याय 1   1

प्रस्तावना

यह कहानी एक ऐसी पति पीड़ित महिला 'उल्मी' की है जो पहले अपने पति से बहुत प्यार करती थी मगर अब उतनी ही नफरत करती है. उस नफरत के आगे वो अपने जीवन को भी छोटा समझती है और अपने प्राण त्यागने का सोचती है तभी एक सुदर्शन सा राक्षस उसकी जान बचा लेता है वह उसके प्राण त्यागने की वजह जानना चाहता है। वह उल्मी नाम की महिला अपने पति से प्यार और नफरत दोनों ही कारण बता देती है अब वह अपने पति से अपने ऊपर किये गए जुल्मों का बदला लेना चाहती है. क्या उल्मी अपने पति से बदला ले पाएगी ? क्या जान बचने वाले राक्षस के प्यार को समझ पाएगी या उसी राक्षस की नफरत का शिकार हो जाएगी?

लेखिका *अरुणा शर्मा*, बचपन से ही अत्यंत दुर्लभ विचारों की धनी है. सदैव ही उनका ध्यान जीवन के उन पहलुओं पर जाता रहा जिन्हे समाज अक्सर अनदेखा करकर देता है. उनके विचार दूसरों को शीघ्र ही प्रभावित कर लेते है. उनके मन में समाज में बदलाव लाने की महत्कांक्षा है.

इसका उद्देश्य किसी व्यक्ति, जाति या समुदाय को ठेस पहुँचाना नहीं है. इसके मुख्य स्वरुप में लेखिका ने कुछ बदलाव किये है जो उनकी स्वयं की सोच है.

1

वह पहाड़ी से गिरने लगी. तभी उसे एक पत्थर पकड़ में आ गया. अचानक उनकी नजर नीचे की तरफ गई तो बहुत गहरी थी. खाई को देखकर उसका दिल घबरा गया. वह ज़ोर ज़ोर से बचाओ-बचाओ चिल्लाने लगी. दूर खड़े उसके पति और बच्चे दौड़ें आए. उसके पति ने हाथ बढ़ाया तो उसका मन वितृष्णा से भर उठा. वो चीखना भूल गई और उसने गहरी और खुली आँखों से अपने पति को देखा. उसके चेहरे पर हल्की सी मुस्कान उभर आई. पति ने हाथ और नीचे किया. तभी उसने पकड़े हुए पत्थर से खुद को ढील देते हुए पति का हाथ न पकड़ दोनों हाथों को फैलातें हुए अपने शरीर को खाई की तरफ धकेल दिया.

उसके पति के मुँह से ज़ोर से चीख निकल पड़ी, बच्चे भी अपने पिता की आवाज के साथ ही रोने लगे हैं. प्रकृति की उस अनमोल जगह पर सन्नाटा पसर गया. वो खाई की तरफ गिरती जा रही थी. तभी उसे महसूस हुआ कि वह किसी अदृश्य को शक्ति के हाथों में अपने आपको सुरक्षित महसूस कर रही है. उसकी आंखें मूंदी जा रही थी. तभी वह अदृश्य शक्ति उसे किसी लोक में ले जाता है; जहाँ उसका कोई परिचित नहीं हैं, ना ही कोई घरवाला, ना ही कोई जान पहचान का कोई. उसे बचाने वाली अदृश्य शक्ति एक राक्षस था, जो उसे राक्षसों के लोक में ले आया था. उससे पहले ही उस राक्षस ने ही उसके रंगरूप को बदलकर उसकी वेशभूषा को राक्षसों जैसे बना दिया था. नगर में प्रवेश करने के समय उस महिला जिसका नाम उल्मी था जो इस हुआ राक्षस के साथ है और खाई में गिर गयी थी. उसने उसे सारी बात समझा दी थी कि उसे राक्षसों

के बीच कैसे रहना है. साथ चलने के दौरान वो याद करती है कि यह सब कैसे हुआ और वह अचानक इस राक्षस के साथ क्यों हैं. दरअसल गिरते समय उसने अपने जीवन के बारे में बहुत सोचा. वो हर एक लम्हे को याद कर रही थी.

कहते हैं जब कोई मरता है तो उसे अपनी पूरी जिंदगी अपनी आँखों के सामने चलचित्र की तरह नजर आती हैं.

ऐसे ही उसके साथ हुआ था. तभी वो किसी ऐसी शक्ति का स्मरण करती है जो उसके जीवन को बचा सके और उसे अवसर दे सके अपनी भावनाओं को बाहर लाने का. क्योंकि वह अपने पति से बहुत नफरत करती हैं और उससे बदला लेने की इच्छा रखती हैं. प्रतिशोध की ज्वाला में जलते हुए अपना जीवन खत्म नहीं होने दे सकती. तभी उसे एक राक्षस अपनी बाहों में भरते हुए बचा लेता है और अपनी नगरी में ले आता है......

यह विचार कर वह वर्तमान में लौट आती है. वो उल्मी का रूप और वेशभूषा तो बदल चुका था मगर अभी भी उल्मी के शरीर से मानव गंध आ रही है. वह जानता है कि अगर उसे अपनी नगरी में ले गया तो उसके माता-पिता और परिवार वाले उसे मार कर खा जाएंगे. वह उल्मी को मरते नहीं देख सकता था क्योंकि पहला उसने ही उसकी जान बचाई है और दूसरा उसने ज्यों ही उसे बचाने के लिए छोड़ा था तो उसके दिल की धड़कनें ज़ोर ज़ोर से चलने लगी थी.

उसे उल्मी बहुत प्यारी लगी थी मगर उनकी इस बात से उल्मी बिल्कुल अनजान थी. उसे तब तक राक्षस के भावों और अतीत को नहीं पता था. वो तब तक उल्मी को निहारता रहा. जब तक कि उल्मी को सुरक्षित जगह पर नहीं ले आया था. उसने उल्मी के चेहरे पर उदासी साफ झलक रही थी. उसने उल्मी से पूछा

"तुम कौन हो? कहाँ से आयी और खाई में तुम्हें अपने आप को क्यों धकेल दिया? जबकि एक आदमी तुम्हें बचाने की कोशिश भी कर रहा था?"

युवा राक्षस की बात सुनकर उल्मी घृणा से भरी मुस्कान बिखेरते हुए बोली

"बचाने वाला.... मेरा पति ही था. मैं अपने पति और बच्चों के साथ पहली बार घूमने आई थी.... उसी नीच ने मुझे धक्का दिया था..... और उसी ने मुझे बचाने का नाटक किया था.... मेरे बच्चों के सामने है.... ऐसा प्रतीत हो कि.... वो.... बहुत अच्छा है....."

तभी वह राक्षस ने उल्मी को पार्टी चट्टान पर बैठाते हुए उसे पूछा

"तुम्हें मुझसे डर तो नहीं लग रहा...."

उल्मी ने उसकी तरफ गौर से देखा और उसे पूछा

"क्यों?"

राक्षस बोला

"तुम्हें मेरी वेशभूषा से..... मेरे स्वरूप से डर नहीं लग रहा है..."

उल्मी ने ना में सिर हिलाकर मना किया.

युवा राक्षस ने उससे पूछा

"तुम्हारे बच्चे कहाँ थे? जब तुम्हारे पति ने तुम्हें धक्का दिया क्या उन्हें नहीं पता चला..."

वो सुन कर उल्मी एक दुखद हँसी हंसते हुए बोलीं

"वे प्रकृति का आनंद ले रहे थे. रंग बिरंगे फूलों को देख रहे थे और तितलियों से बतिया रहे थे.... उन्हें तो मेरे पति के धोखे का पता भी नहीं चला... मेरे पति उनके सामने बहुत अच्छे बने रहें..."

यह बताते बताते हैं उल्मी की आँखों से आंसू बहने लगे. युवा राक्षस भले ही इतना सुन्दर न था पर उसका दिल अच्छा था. वो उल्मी को देखकर बहुत दुखी हुआ. वह अपने दोनों हाथों से उल्मी के आंसू पोछने लगा. वह उल्मी को अपना दिल दे बैठा था. भले ही वह शादीशुदा थी.... उसके बच्चे थे पर युवा राक्षस को से कोई फर्क नहीं पड़ता और ना ही उसे इस बात से कोई मतलब था. उसने उल्मी का हाथ पकड़ते हुए उससे पूछा

"बताओ.... तुम क्या चाहती हो?"

उल्मी ने दूसरे हाथ से आंसू पोछते हुए और नेपथ्य में निहारते हुए कहा

"प्रतिशोध!"

युवा राक्षस ने उसकी आँखों में देखते हुए कहा

"किससे?"

"अपने पति से..."

"सोच लो उल्मी... फिर पलट न जाना क्योंकि मैं तुम्हारे बोलो की एक गांठ बांधकर दूंगा तो खुलनी बहुत मुश्किल हो जाएगी. वह तभी खुलेंगे जब तुम अपना प्रतिशोध पूरा कर लोगी. मैं 3 साँस लूँगा तब तक तुम अपनी बात से पलट सकती हो. फिर गांठ अपना स्वरूप ले लेगी और जब तक नहीं तुम्हारा प्रतिशोध पूरा न हो जाए तब तक तुम उस गांठ को नहीं खोल पाओगी."

युवा राक्षस ने उल्मी के सामने लंबी लंबी सांसें लेने शुरू की. इसके साथ ही उनकी चोटी में गांठ बन गई. गांठ बहुत मजबूती है. उसे देख उल्मी आश्चर्य से भर उठी. उसने कोई इनकार नहीं किया था इसलिए यह गांठ बन गई थी. उसकी बड़ी बड़ी आंखें देखकर युवा राक्षस का दिल और दिमाग दोनों जवाब दे चूके थे. वह उल्मी पर अपने प्राण भी न्योछावर कर सकता था. पर उल्मी इस सबसे अनजान थी. वह तो बस उस युवा राक्षस का सांनिध्य पाकर बहुत खुश थी. आज वह उन बंधनों से मुक्त हुई थी जिसमें वो छटपटा रही थी. उन बंधनों से मुक्त हो खुले आसमान में सांस ले रही थी. एक आजादी का भाव उसके मन में समाया हुआ था. वो अपने ही मन की उथल-पुथल में इतनी फंसी हुई थी कि उसने यह राक्षस के भावों को समझने की कोशिश भी नहीं की. युवा राक्षस उसे अपने नगर की ओर ले जाने लगा. वो दोनों जंगल की तरफ से उसकी नगरी की ओर आगे बढ़ रहे थे.

तभी रास्ते में उन्हें राक्षसों का झुंड की ओर बढ़ता दिखा. वो सभी लोग थोड़ा आगे बढ़े तो उनके नथुनों में एक गंध समां गई और वो सूंघते सूंघते बोले

"मानव गंध-मानव गंध"

एक दूसरे से कह कर ही इधर उधर सूंघने लगे. यह तो अच्छा था कि उथप्पा ने उल्मी का पूरा श्रृंगार राक्षसी रूप में कर दिया था. तभी वह उसे पहचान न पाए. राक्षस उल्मी को ढूंढने की कोशिश कर ही रहे थे कि अचानक उन्हें उथप्पा दिखा. उसे देखकर उन्होंने उसके करीबी जा कर उसका अभिवादन किया और सिर झुकाकर एक राक्षस बोला

"राजकुमार की जय हो! राजकुमार यहाँ से मानव गंध आ रही है."

वो उथप्पा के इर्द गिर्द चक्कर लगा कर सूंघने लगे. वो साथ साथ उस नयी अनजान राक्षसी के बारे में भी आस पास में फुसफुसाते हुए एक दूसरे से सवाल जवाब पूछने लगे.

तभी एक तीखी नज़रों से एक राक्षस ने उसकी तरफ देखा. उसे ऐसे देखते देख उथप्पा का माथा ठनका. उथप्पा जनता था कि उसने अगर उल्मी की आँखों में देख लिया तो उसे सारी सच्चाई पता चल जाएगी. राक्षसों में एक दूसरे के मनोभाव पढ़ने की क्षमता होती है. राक्षस आपस में यह भी जानते हैं कि कौन सा राक्षस का रूप बदल कहाँ से गायब हो जाएगा. वो वेशभूषा से एक दूसरे को नहीं पहचान सकते किंतु उनकी कमजोरी है उनकी आँखों में होती है, जो एक दूसरे के हाव भाव बता देते हैं.

जो तीखी नज़रों से उल्मी को देख रही थीं. वे धीरे-धीरे उल्मी को देख उसकी तरफ बढ़ रहा था. उसकी मंशा भांपते हुए उथप्पा ने उल्मी को अपने करीब किया और अपने आपमें समाते हुए वहाँ से उड़कर चला गया. वो वहाँ से एक घनघोर जंगल में पहुंचा. वहाँ उल्मी का बहुत ध्यान रखते हुए. उसे वहाँ बने अपने लकड़ी के घर में लेकर गया. वहाँ रहने के दौरान वो उल्मी का बहुत ध्यान रखता था. वहाँ रहते-रहते कुछ समय हो गया. उल्मी को उसने जंगल के सब नियमों के बारे में बता दिया. उसने भी सब कुछ अच्छे से जान लिया. उसने उथप्पा की मदद से राक्षसों की तरह रहना, पहनना, खाना-पीना, चलना-फिरना आदि सब सीख लिया था. उथप्पा उसके लिए जंगलों जंगल से तरह तरह के फल लाकर देता. उसके बालों में लगाने के लिए तरह तरह के फूल लाकर, उनके गजरे बनाकर तरह तरह के बेल बूटों से घर को सजाता, फल-फूल तोड़कर उसके लिए लेकर आता है. उनमे ही को कांटे भी नहीं छपने देता था. उसके ज़रा सा काम करने पर उससे ध्यान से रहने की सलाह देता. अब धीरे धीरे करीब रहने से उथप्पा, उल्मी से प्यार करने लगा था पर उल्मी इस बात से पूरी तरह से अनजान था ना इस अहसास को महसूस कर पा रही थी. वह हर समय खोई-खोई रहती. उथप्पा उससे प्यार से उसकी उदासी का कारण पूछता तो वह हंसकर टाल देती.

धीरे धीरे उल्मी ने अपने दर्द को बयां करते हुए बताया

"मुझे मेरे बच्चों की बहुत याद आती है. हालांकि तुम मेरा बहुत ध्यान रखते हो मगर फिर भी मुझे घर की थोड़ी याद आती है."

उथप्पा ने उससे पूछा

"और तुम्हारे पति की?"

पति का नाम सुनते ही उल्मी जहरीली नागिन की भाँति फूंकारने लगी. वो गुस्से में बोली

"उस व्यक्ति के कारण तो मैं आज तुम्हारे साथ हूँ..... उससे पीछा छुड़ाने के लिए मैंने अपने प्राणों को त्याग ने तक का फैसला कर लिया था.... और तुमने मुझे बचा लिया था..... तुम राक्षस होकर भी कितने अच्छे हो.... और वो तो इंसान होकर भी इंसान कहने के लायक ही नहीं था..... उसने...... उस जालिम इंसान के कारण ही..... आज मैं अपने बच्चों से दूर हूँ..... न जाने मेरे बच्चे किस हालत में होंगे... वो कमीना उन्हें कैसे रखता होगा...."

उथप्पा ने बड़े प्यार से उल्मी को समझाते हुए कहा

"यह संसार चक्र है... तुम्हारे उस आयाम में इंसान, इंसान को बहुत दुख देता है. हमारे यहाँ राक्षस, राक्षस को आपस में लड़कर एक दूसरे को मार देते हैं."

यह सुनकर उल्मी मुस्कुरा दीं

"तुम और मैं तो एक दूसरे को नहीं मारेंगे न..."

उल्मी की बात सुनकर उथप्पा खिलखिलाकर हंस दिया

"नहीं, कभी नहीं क्योंकि तुम..... एक मानव और मैं राक्षस भला... दोनों कैसे लड़ सकते हैं."

सांझ का समय हो चुका था. उल्मी खाना बनाने के लिए उठ खड़ी हुई. उथप्पा जंगल से छोटे छोटे जीव पकड़ कर ले आया था पर वह उल्मी को देखते ही वापस जंगल में छोड़कर आ गया था. क्योंकि उल्मी शाकाहारी थी. फल सब्जी के अलावा कुछ भी नहीं खाती थीं. वही उथप्पा मांसाहारी था मगर उल्मी ऐसा कुछ नहीं खाती इसलिए उसने एक बार भी इस बात का जिक्र नहीं किया.

तभी उथप्पा को सुनहरे पंखों वाले हंस के बोलने की आवाज सुनाई दी आई. आवाज ज़ोर ज़ोर से बोलीं

"उथप्पा-उथप्पा..."

पुकार रहा था. उथप्पा समझ गया कि उसका दोस्त अपने हंस के जरिये संदेश भेज रहा है. वो बाहर आया उसने सुनहरे संदेश लाने वाले हंस को देखा और उसे गोद में लेकर सहलाया. उसने उसके पंखों में फंसे हुए हैं संदेश को निकाला. संदेश को पढ़ बहुत खुश हुआ.

10 दिन बाद उसका दोस्त अपने गधों की सेना लेकर उससे मिलने आ रहा है. उसका दोस्त गधों का बहुत शौकीन है. उसने अनेक राज्यों को राक्षसों से उनके सर्वश्रेष्ठ गधे खरीद रखे थे जिनमें उनका सबसे प्रिय ढेंचू-ढेंचू था. उस गधे की सवारी अक्सर किया करता था. उसके दोस्त को उल्मी के बारे में कुछ भी नहीं पता है.

उथप्पा के विषय में भी उसे तभी पता चला जब वह उसके राज्य में लगे गधों के मेले में गधे लेकर गया था. तभी उथप्पा के माता-पिता ने बताया कि वह अपने पंखों को फैलाकर घनघोर जंगल की ओर चला गया था और इसी कारण वह उससे मिलने के लिए 10 दिन के अंदर वहाँ पहुँच रहा है.

उथप्पा उत्साह से भर उठा. उसका मन मयूर हो नाचने लगा. उसने हंस को प्यार से सहलाया और दाना खिलाया. उसने उसे रातभर यहीं रुकने को कहा तो उसने भी सिर हिलाकर सहमति प्रदान की. उथप्पा ने उसके रहने की व्यवस्था की है. उसने अपने पंखों को बदला और हल्के नीले रंग के पंखों में परिवर्तित कर लिया. वो और भी सुंदर लग रहा था. रात्रि के सन्नाटे में ही घर में चमकती रौशनी दिखाई दी. उसने उथप्पा से पूछा

"आज हमारे घर में रौशनी की कैसी है?"

उथप्पा ने उसकी आँखों में देखते हुए बड़े प्यार से बताया

"मेरा दोस्त दिन बाद हमसे मिलने आ रहा है. तुम मिलोगी तो बहुत खुश हो जाओगी."

और उल्मी की आँखों में झांकते हुए कहा

"और मैं उसे तुम्हारे बारे में बताऊँगी तो वो भी बहुत खुश हो जाएंगी."

उल्मी शरमा गई. ना जाने क्यूँ पर वो उथप्पा के प्यार को भी गहराई से नहीं समझ पा रही थी. उथप्पा को अपना हितैषी और मित्र समझती थी पर उसके प्यार को नहीं समझ पा रही थी. सुबह से उसने हंस के साथ संदेश भेजा कि

"मेरे प्यारे दोस्त जल्दी से आ जाओ. मैं तुम्हारा इंतज़ार कर रहा हूँ और तुम एक अद्भुत इंसान से भी मिलवाऊंगा."

यह बातें लिखकर उसने उसके हाथों संदेश भिजवा दिया. हंस के जाने के पश्चात् अपने दोस्त के आने की तैयारी करने लगा. उसका दिल बल्लियों उछल रहा था. उसने पूरे घर को सजाना शुरू कर दिया था, उसकी पसंद की हर चीज़ लाकर रखने लगा था. उसने उल्मी से कह दिया था

"मेरे दोस्त के पसंद के पकवान ही बनाना था."

द्रव उसका पक्का दोस्त था. दोनों दोस्त एक दूसरे पर जान छिड़कते थे. हालांकि दोनों दोस्त जंगल में ही मिले थे. उथप्पा ने कभी भी द्रव के माता-पिता को नहीं देखा था. क्योंकि उसके उसके गोत्र के राक्षसों को श्राप था कि जो भी उनके राज्य में प्रवेश करेगा वह राख बन जाएगा और सात जन्म तक लोगों की ठोकरें खाएगा. जबकि द्रव और उथप्पा के राज्य में अक्सर आता जाता रहता था. इसी कारण दोनों की दोस्ती प्रगाढ़ हो गई थी.

दिन धीरे-धीरे बीतते जा रहे थे. आज जब सूर्योदय हुआ और जंगल की सीटी ने आवाज देकर बताया कि सुबह हो गयी है. उथप्पा और उल्मी जल्दी से उठ खड़े हुए तो उन दैनिक कार्यों से निवृत्त होकर घर को संवारने लगे. उल्मी ने तरह-तरह के पकवान तैयार कर लिए थे. अपने आप को सजा-संवार लिया था. उथप्पा की खुशी का तो ठिकाना ही नहीं था. तभी घोड़ों टप-टप सुनाई दी. साथ ही सुनहरे पंखों वाला हंस आकर उथप्पा के कंधे पर बैठ गय. उथप्पा समझ गया कि उसका प्यारा दोस्त आने ही वाला है. वह घर से बाहर निकल आया और ड्राइव का इंतजार करने लगा. उल्मी दरवाजे की ओट में छिपकर खड़ी हो गई. उसका दिल भी जोरों से धड़क रहा था जिसका कारण वह नहीं जानती थी. उसके पैर कँपकँपा रहे थे. थोड़ी देर में घोड़ा आकर रुका. उसके ऊपर एक सुंदर व सुदर्शन राक्षस

बैठा था. द्रव झट से घोड़े से उतरा और उथप्पा को गले लगा लिया. उसे गले लगाते हुए उथप्पा ज़ोर से चीखा

"द्रव! मेरे जिगरी दोस्त! कैसे हो तुम?"

तभी दरवाजे की ओट से छिपी हुई ने बाहर आकर हल्का सा दरवाजा झांक के देखा तो उसकी नजरें द्रव से मिली. दोनों की आंखें चार हुईं. दोनों ही एक दूसरे की तरफ टकटकी लगाए देखते रहे. तभी उथप्पा की आवाज से दोनों का ध्यान भंग हुआ.

"कहाँ खो गया यार? अभी तो मुझे तुम्हें एक अद्‌भुत इंसान से मिलवाना है."

उथप्पा नहीं जान पाया था कि उल्मी और द्रव तो एक दूसरे को पहली नजर में ही जान गए हैं. या कहो दिल दे बैठे हैं. फिर भी अंजान बने द्रव ने कहा

"जल्दी से मिलवाओ दोस्त, उस अद्‌भुत इंसान से."

उथप्पा ने उल्मी को आवाज देकर बुलाया. तभी उल्मी नाश्ता सजा कर बाहर आई और नाश्ते रख बिना द्रव की ओर देखे वापस जाने लगी तो उथप्पा ने उसे बैठने को कहा. उल्मी ने शरमाते हुए उथप्पा के पास बैठ गए. तब वह अपने दोस्त का परिचय देते हुए उल्मी से बोला

"द्रव काफी दिन हमारे साथ ही रहेंगे."

यह सुनकर वे बहुत खुश हुई. उसने सिर हिलाकर हामी भर दी. द्रव भी उनके चेहरे पर आई खुशी को देख समझ गया कि वह भी चाहती है कि वह यहीं रहे.

तीनो हिलमिल कर रहने लगे. उथप्पा अपने दोस्तों के रहने के बाद अपने आपको सुरक्षित महसूस कर रहा है. अब वे अपने दोस्त के साथ उल्मी को छोड़कर निश्चिंत होकर जा सकता है. इधर उल्मी और द्रव दोनों एक-दूसरे से बेइंतहा प्यार करने लग गए थे. इसकी भनक भी उथप्पा के ना होने कारण भी नहीं लग पायी.

वह अपने दोस्त पर बहुत विश्वास करता. वह यह सोच भी नहीं सकता था कि उसका दोस्त द्रव उसकी जान को छीन सकता है.

समय बीत रहा था. द्रव के जाने का भी समय आ गया था. उथप्पा ने उसे और रुकने को कहा. तब द्रव ज्यादा दिन ना रुकने का बहाना बनाकर

उल्मी को अपने राज्य में ले जाना चाहता था. वह जानता था कि उथप्पा उसके राज्य में नहीं आ सकता क्योंकि उसके गौत्र के राक्षसों को श्राप है कि अगर वे द्रव के राज्य की सीमा में पांव रख देते हैं तो जलकर राख हो जाएंगे.

उसने उथप्पा को अपने साथ चलने को कहा साथ ही उल्मी को भी लेकर चलने को कहा. द्रव ने उथप्पा से कहा

"उल्मी भी हमारे साथ चलेगी तो उसका भी मन बदल जाएगा."

उथप्पा ने उसके राज्य में ना चलने की मजबूरी बता दी तो द्रव ने उल्मी को ही भेजने का निमंत्रण दे डाला था. बस सोच में पड़ गया है. उथप्पा, उल्मी को अपने से दूर नहीं करना चाहता था पर वह अपने दोस्त की बात कैसे टालता. वह चुप रहा. द्रव ने उसे दोबारा पूछा

"मैं केवल उल्मी को अपने साथ ले जा सकता हूँ."

उथप्पा ने बेमन से हामी भर दी. उथप्पा ने कहा

"पहले उल्मी से उसकी मन की बात पूछ लेता हूँ."

उथप्पा का मन कर रहा था कि उल्मी उसने मना कर दे. "कहीं उल्मी हाँ ना भर ले."

तभी उल्मी बाहर आई. आज उसने उथप्पा लाई साड़ी को पहना था. उसमें वो बहुत जँच रही थी. उसकी सुंदरता देख द्रव अवाक् रह गया था. उथप्पा ने उसकी प्रशंसा करते हुए कहा

"उल्मी तुम आज बहुत सुन्दर दिख रही हो. आज द्रव जा रहा है."

यह सुनकर उल्मी उदास हो गयी.

"मगर वो तुम्हें साथ ले जाना चाहता है..."

ये सुन उथप्पा ने कहा. तो उल्मी के चेहरे पर खुशी की लहर दौड़ गई. तब उथप्पा ने आगे कहा

"मैं जानता हूँ तुम उसके साथ नहीं जाना चाहोगी पर द्रव तुम्हें अपने साथ ले जाना चाहता है.... तुम बताओ तुम क्या उसके साथ जाना चाहोगी.... बोलो....."

उथप्पा नहीं जानता था कि उल्मी और द्रव दोनों की तो जाने की पहले ही योजना बन गई थी. फिर भी उसने ना नुकर की. तभी द्रव ने कहा

"उल्मी तुम्हे मेरे साथ चलना ही होगा. मैं तुम्हें थोड़े दिन बाद छोड़ जाऊंगा. मेरा मन रखने को चल पड़ो ."

उल्मी को तो उसके मन की मुराद मिल गई. उथप्पा मन से मन मसोसकर रह गया. अनिच्छा से उथप्पा ने हामी भर दी. वो आप अपने आप को पूरी तरह से लुटा पीटा समझ रहा था. उल्मी ने द्रव के साथ जाने की तैयारी शुरू कर दी. है दोनों के जाने का समय आ रहा था तो उथप्पा का दिल ज़ोर से धड़कना शुरू हो गया. वह उल्मी से कुछ दिन तो दूर कुछ पल भी अलग नहीं रहना चाहता था. पर वह उन ख्यालों में खो गया, उसे उल्मी कैसे मिली थी, उसने कैसे उसकी जान बचाई थी. उस दिन से आज तक उथप्पा उल्मी से कुछ पलों के लिए भी दूर नहीं हुआ. उथप्पा उल्मी के बिना कैसे जिएगा. वह उल्मी के पांव में कांटा भी चुभने नहीं देता. एक बार चूल्हे पर खाना बनाते समय उल्मी का हाथ ज़रा सा जल गया था तो उथप्पा पूरी रात उसके पलंग के पास बैठा रोता रहा था. उल्मी उसे बार-बार चुप कराती रही थी और समझा रही थी कि

"मैं बिल्कुल ठीक हूँ. तुम घबराओ मत."

उसे उल्मी को खोने का डर सता रहा था. उसकी राक्षसी प्रवृत्ति बिल्कुल बदल गई थी. वो आंगन में चहलकदमी करने लगा था. वो उल्मी को रोकने का बहाना ढूंढने लगा. उसकी बुद्धि जड़ हो गई थी. वो बिलकुल भी सोच नहीं पा रहा था. तभी उल्मी तैयार होकर बाहर आ गयी. उथप्पा ने उसका चेहरा अपने हाथों में लिया और उससे पूछा

"उल्मी अगर तुम नहीं जाना चाहते हो तो मत जाओ. रुक जाओ...."

पर उल्मी ने उथप्पा की सोच के विपरीत मुस्कुराकर कहा

"तुम मेरी चिंता मत करना.... तुम्हारा दोस्त मेरा पूरा ध्यान रखेगा."

द्रव घोड़े पर बैठ गया, उसने हाथ पकड़कर उल्मी को भी घोड़े पर बैठा लिया. यह देख कर उथप्पा का दिल धक से रह गया. किसी अनिष्ट की आशंका से उसे चक्कर आने लगा किंतु उसने अपने आप को संभाल लिया.

उसने उल्मी को जल्द ही आने का कह दिया. उल्मी ने भी उसे आश्वासन दिया कि वो जल्दी ही वापस आ जाएगी. सुनहरे पंखों वाले हंस ने उड़ान भरी. इसी के साथ द्रव और उल्मी का घोड़ा भी सवार सरपट

दौड़ने लगा.

उथप्पा का दिल कटने लगा. उसने अपनी आंखो में आंसू को रोकने का भरसक प्रयत्न किया पर आंसू बाहर आ ही गए. मगर उसके आंसूं पोंछने वाला कोई भी नहीं था.

उथप्पा अंदर जा पलंग पर गिर फूट-फूटकर रोने लगा. उसे उल्मी की बहुत याद आ रही थी. साँझ हो चुकी थी उथप्पा पलंग से उठा. उसका बदन टूट रहा था. उसका मन नहीं लग रहा था. उसने शिव वंदना की और अपने राज्य की ओर चल दिया. उल्मी के आने के बाद वह एक बार भी अपने राज्य में नहीं गया था. उसने अपने माता-पिता को बहुत याद किया था, घोड़े पर सवार हो अपने राज्य की ओर चल दिया. रास्ते में उसके राज्य की राक्षस सैनिक मिले तो वे राजकुमार को पा अतिप्रसन्न हो उठे. उन्होंने बताया उन्होंने इतने दिनों से न जाने कहाँ कहाँ राजकुमार को नहीं ढूंढा. राक्षस राज्य के राजा रानी दोनों बहुत व्यथित थे. रानी तो बीमार हो गई थी और बिस्तर पकड़ लिया था. यह सब जानकर उथप्पा बहुत दुखी हुआ. उसे अफसोस हुआ. वो सैनिकों के साथ अपने राज्य की ओर चल दिया. राज्य में उसने ज्यों ही ही प्रवेश किया. प्रवेश करते समय उसे वो राक्षस दिखाई दिया जिसने उल्मी के मानवी रूप को पहचान लिया था. उसकी मनोस्थिति से वाकिफ हो उथप्पा ने उल्मी को अपने पंखों में समेटकर जंगल में ले जाने का तय किया था. आज वह राक्षस सैनिक उसके पास आया. वो उसे सूंघने लगा. उथप्पा ने उससे पूछा

"तुम क्या तलाश कर रहे हो?"

राक्षस ने कहा

"मैं जानना चाहता हूँ कि वह मानवी कहाँ हैं? क्या तुमने अकेले ही उसे खा कर समाप्त कर दिया. जल्दी से बताओ यार.... मैं बेचैन हो रहा हूँ...."

उथप्पा ने उसे गौर से देखा और मुस्करा दिया. उथप्पा की मुस्कान से वह राक्षस संतुष्ट नहीं हुआ. वो उथप्पा के भविष्य का इंतजार करने लगा क्योंकि उस राक्षस को किसी को भी मुस्कराना अच्छा नहीं लगता था किंतु अगर कोई भी मुस्करा देता है तो वो उसे श्राप दे देता था कि जा

तुझे ये मुस्कराहट दोबारा न मिले. अगर राक्षस मन ही मन श्राप बोल देता है तो उसका असर तुरंत शुरू हो जाता था. उथप्पा ने उस राक्षस को अपनी बाहें फैलाकर आलिंगन देना चाहिए लेकिन उस राक्षस ने आंखें बंद की और सांप बन पेड़ की बने कोटर में चला गया. उथप्पा ने उन्हें नमस्कार किया और आगे बढ़ चला. महल में प्रवेश करते ही राक्षस साक्षियों का हुजूम उथप्पा की और फूलों के हार अपने हाथों में लेकर बढ़ चला. उथप्पा ने इन सब को प्रणाम किया और सबका मान-सम्मान स्वीकार करने लगा. फिर वह राक्षसराज गोविंदा और माता गौतमी के पास जा पहुंचा. बहुत दिनों बाद अपने पुत्र को देखकर दोनों अति प्रसन्न हो उसका हालचाल पूछने लगे. उसकी सबने खूब आवभगत की. उसके पिता उससे प्रेम पूर्वक बातचीत करने लगे. तभी सहेलियों के साथ एक अति सुंदर राक्षसी बिंदियां हंसती खिलखिलाती वहां आई. वह उसके पिता के मित्र राक्षस की बेटी थी. वह अपने पिता राजा गोविंद के साथ यहाँ आई हुई थी. उसकी सहेलियां उसे महल के अंदर छोड़ अपने रहवास में चली गयी. उनके जाने के पश्चात बिंदियां दौड़कर रानी गौतमी के पास आकर बैठ गई. रानी ने प्यार से सहलाते उसे खाने का पूछा. राक्षसी बिन्दिया ने अपने माता पिता का पूछा और कहा कि

"उनके साथ ही खाना खाऊंगी. हम सब साथ ही खाना खाएंगे."

रानी गौतमी ने बिंदियां को बताया कि उसके माता पिता जंगल में गुफा में है. उसमें मगरमच्छों का शिकार करने गए हैं. आज मगरमच्छ का भोज करने का कह रहे थे. यह सुनकर बिंदियां अपने माता पिता का इंतजार करने लगी. तभी रानी गौतमी ने राक्षस राजकुमार उथप्पा का परिचय राक्षसी बिदियां से करवाया.

बिंदियां ने मुस्कुराकर राजकुमार उथप्पा को प्रणाम किया. उथप्पा बिंदियां की सुंदरता देखभाल एकटक उसे देखता रहा. उसकी मृगनयनी जैसी आँखें, कमल की पंखुड़ी जैसे होठ, नाशपाती जैसे खूबसूरत चेहरा. वो उसे कुछ देर निहारता रहा. फिर खुद को सयंमित कर बिंदिया के परिणाम का देते हुए उससे पूछा

"तुम्हारा नाम क्या है?"

"बिंदिया."

उसने तपाक से बता दिया. उथप्पा उसका उत्तर सुनकर मुस्कुरा दिया. राक्षस राज़ ने उथप्पा से कहा

"बेटा बिंदिया को महल में घुमाओ."

पिता की आज्ञा पर उथप्पा भी बिंदिया को घूमाने लगा. थोड़ी देर पश्चात बिंदिया के माता पिता शिकार से आ गए. फिर सब खाने की मेज पर एकत्रित हो गए. उथप्पा और बिंदिया भी खाने की मेज पर आकर बैठ गए. तभी खाना खाते हुए बिंदिया के पिता ने उथप्पा की तरफ देखते हुए कहा

"मित्र अब तुम्हारा बेटा जवान हो गया है."

राक्षसराज गोविंद ने हंसते हुए कहा

"हाँ दोस्त वक्त बहुत जल्दी बीत जाता है."

यह सुनकर बिंदिया के पिता हामी में सिर हिला कर खाने में व्यस्त हो गए. बिंदिया के पिता राक्षस राज़ स्वामीनाथ ने कहा

"अब हमें हमारे बच्चों को आपस में रिश्ते में बांध देना चाहिए.... इस रिश्ते को तय करने का वक्त आ गया... हम आपस में मित्रों से रिश्तेदार बन जाते हैं...."

उथप्पा और बिंदियां उन लोगों की बात सुनकर हक्के-बक्के रह गए. वो इस बात की कल्पना भी नहीं कर सकते थे. दोनों ने एक दूसरे को अभी तो समझा भी नहीं है और न ही एक दूसरे को जाना है.

तभी राजकुमार उथप्पा ने अपने पिता से बिंदिया को बगीचे में घुमा लाने की अनुमति मांगी. बिंदिया और उथप्पा के पिता ने भी उन्हें अनुमति दे दी. बिंदिया भी उथप्पा के साथ जाने को तैयार हो गई वह दर्पण क सामने अपने आपको संवारने लगी. उसने अपना पूरा श्रृंगार किया. दोनों के माता-पिता बच्चों के चेहरे पर आई खुशी देख समझ लिया कि दोनों एक दूसरे को पसंद कर रहे हैं और शादी के बाद पक्की करने का वक्त आ गया है.

उथप्पा ने बिंदियां का हाथ पकड़ा और बाग की ओर चल दिया. वहां बिंदिया ने देखा बाग में अनेक प्रकार के फूल खिले हुए हैं. ऊंचे पेड़ थे जिनपर साँप लटक रहे थे, कीड़ों के पेड़ों की तो शोभा देखने लायक थी. रंग-बिरंगे बिच्छू तो बहुत सुंदर लग रहा था. तरह तरह की लटें, चलने

वाले कीड़े रेंग रहे थे. राक्षसी बिंदिया उत्साहित हो कीड़ों को जल्दी जल्दी खाने लगी. यह देखकर उथप्पा को उल्टी आने लगी. यह देख बिंदिया का हाथ कीड़ों से भरा रहा. वह कुछ कीड़े मुँह में डाल चुकी थी, कुछ हाथ में थे. वह आश्चर्यचकित भाव से उथप्पा की तरफ देखने लगी. उसने उथप्पा से पूछा

"क्या तुम राक्षस होकर भी उन्हें नहीं खाते हो."

उथप्पा ने अपने मुँह पर हाथ रखते हुए ना में सिर हिला दिया. उसने बिंदियां को तुरंत फूलों के बगीचे में चलने के लिए कहा. बिंदियां ने मुँह के कीड़ों को जल्दी-जल्दी चबाया और हाथों को झटका कर उथप्पा के साथ फूलों के बगीचे की ओर चल दी. उसे वह पूरा बगीचा बहुत सुंदर लगा. तरह तरह की बैलों से सजा पूरा बगीचा बहुत सुंदर लग रहा था. पर बिंदियां को बार बार ऐसा लग रहा था कि कोई उन्हें देख रहा है. वह जितना सोचती उतना ही उलझती जा रही थी. वह राक्षसों के व्यवहार से परिचित थी. उसे हर फूल कोई ना कोई राक्षस नजर आने लगा. बिंदियां थोड़ा भयभीत हो गयी. उथप्पा ने उसके चेहरे पर भय का कारण पूछा तो उसने सारी बात बता दी. उथप्पा ने अपनी दिव्य दृष्टि से सारे बगीचे को देखा. उसे कोई भी नजर नहीं आ रहा था.

उथप्पा नहीं जानता था कि उसके द्वारा दिव्य दृष्टि जागृत करने से पहले वे आंखें छिप गई थी जो उनका पहरा दे रही थी. उसने बिंदिया को धैर्य दिया. उथप्पा की बात से उसे सुकून मिला. दोनों सुंदर से झूले पर बैठकर बतियाने लगे. तभी बिंदिया की नजर फिर एक बड़े फूल पर पड़ी. उसे लगा कि यह फूल उन दोनों को ही देख रहा है. फिर उसने अपना सिर झटककर तुरंत उस विचार को अपने दिमाग से निकाल दिया. दोनों एक दूसरे से अपने मन की बात करने लगे किन्तु बिंदिया भी राक्षसी थी, उसके पास अहसास यंत्र था. उसे फिर से अहसास हुआ कि कोई उनके पीछे है. वह अहसास कर सकती है लेकिन देख कर बता नहीं सकती थी कि कौन है. उसने आँखों से इशारा करते हुए उथप्पा को फिर बताया कि कोई उनका पीछा कर रहा है. उथप्पा ने अपनी दिव्य दृष्टि से देखा किंतु फिर उससे कोई नजर नहीं आया. बिंदियां ने उथप्पा से पूछा

"तुम्हें कोई राक्षसी पसंद है?"

"मुझे राक्षसी नहीं एक मानवी पसंद है..."
उथप्पा ने बताया. बिंदियां ने आश्चर्य से देखते हुए कहा
"सच में?"
"हाँ."
बिंदियां ने उसे समझाते हुए कहा
"मानव धोखेबाज होते हैं और...."
"नहीं! उल्मी ऐसी नहीं है..... बहुत अच्छी है...."
"अच्छा उसका नाम उल्मी है."
बिंदियां ने उथप्पा की आँखों में झांकते हुए पूछा
"और तुम्हें वह कैसे मिलीं?"
"मैंने उसकी जान बचाई थी. उसका पति बहुत कमीना और नीच किस्म का था... वह उससे विश्वासघात करता था... वह भोली-भाली उसके इस विश्वासघात को समझ नहीं पाती... शादी के कुछ दिनों तक तो उसे लगता था कि उसका पति उससे बहुत प्यार करता है... घर के सदस्यों का व्यवहार ज्यादा अच्छा नहीं था... किंतु पति का प्यार पा.... धीरे-धीरे वह सोचने लगी सब ठीक हो जाएगा.... साल भर में ही एक बच्ची हो गई... वह उसके लालन पालन में व्यस्त हो गयी... अपने ऊपर होने वाले अत्याचारों पर ध्यान नहीं देती थी... फिर दूसरे साल एक बच्चा और हो गया... पूरे समर्पित भाव से पूरे घर, बच्चों पति पर पूरा ध्यान देती है... उसका पति घर से बाहर कहीं भी घूमने-घूमाने नहीं ले जाता.... उल्मी छटपटा कर रह जाती है.... गलती से छोटे मोटे मेलों में भी ले जाता तो बच्चों को उसे सौंप कर मस्त होकर घूमने लग जाता.... कोई चीज़ अगर उनको पसंद भी आ जाती है तो वह कभी नहीं दिलाता... उल्मी धीरे-धीरे उसके चाल को समझने लग गयी थी.... वो कोई बात का विरोध नहीं करना शुरू करती उससे पहल ही.... उस से पहले ही उसके पति ने फिर से एक बच्चे की जिम्मेदारी दे दी.... जिससे उन्हीं की सोचने समझने की शक्ति खो जाए.... उल्मी धीरे-धीरे अपनी सोचने की शक्ति सचमुच क्षीण होने लगी... धीरे-धीरे उसका पति उसे अपमानित करने लगा... घर से जाने को कहने लगा... उसका घर पर कोई अधिकार नहीं है... बात बात में उसे जताने लगा था... घर में वातावरण तनावपूर्ण रहने

लगा... बच्चे बड़े हो गए... 1 दिन बच्चों सहित उल्मी को उसका पति उनको पहाड़ी क्षेत्रों में घूमाने ले गया... उस जालिम इंसान का दिमाग तेजी से चलने लगा... उसने उल्मी को बच्चों से आँखें बचाते हुए धक्का दे दिया... उसके हाथ में पत्थर पर आ गया... वह बचाओ-बचाओ चिल्लाने लगी... उसके पति ने उसे बचाने का नाटक किया और उल्मी अपने पति को बचाने का नाटक करते देखकर उसका दिल घृणा से भर उठा... नफरत तो उससे पहले भी करती थी... आज तो उसका हृदय घृणा से भर उठा था.... उसने अपने पति को अपना हाथ पकड़ने का नाटक किया और हल्के से मुस्कुरा दी.... उसका ज़ालिम पति व्यंग्य भरी मुस्कान के बिखेरते हुए.... उसे हाथ पकड़ने के लिए आगे बढ़े उसके हाथ पकड़ने की जगह अपने पूरे शरीर को ढीला छोड़ दिया.... उसके पति को इस बात की उम्मीद उससे नहीं थी..... वो उल्मी को कमजोर मानता था... उल्मी के शरीर के ढीला छोड़ते ही उसकी चीख निकल गयी... बच्चे भी पिता की चीख सुनकर दौड़ें.... माँ को खाई में गिरते देखकर ज़ोर-ज़ोर से रोने लगे.... बच्चे अपने पिता के छल को अंतिम समय तक समझ नहीं पाए... मैं वहाँ से जा रहा था... मैंने उल्मी को गिरते देखा और उसके बच्चो का रूंदन भी सुना... मैंने अपनी शक्ति यानी पंखों को फैलाकर उसे थाम लिया था... मैं उसे उसके पति और बच्चों के पास ले जाने लगा... तो वो मेरे सीने से लग फूट-फूट कर रो पड़ीं... और वो उसके पास जाना नहीं चाहती थी.... वो अपने बच्चों से बहुत प्यार करती थी.... किंतु वहाँ उसका बेरहम पति भी था.... वो उसे नोच-नोचकर खा जाता है.... वह उससे बदला लेना चाहती थी... मैं बस उसकी बातें सुन रहा था वो मुझे बहुत प्यारी लग रही थी... मुझे पहली नजर में उससे प्यार हो गया...."

"क्या वह भी तुमसे प्यार करती है?"

बिंदियां ने उससे पूछा.

"पता नहीं पर लगता तो हैं, वह भी मुझसे प्यार करती है."

उथप्पा ने कहा बिंदियां मुस्कुराती है और पूछती है

"उल्मी अब कहाँ है?"

"मेरे दोस्त द्रव के साथ उनके राज्य में 10 दिन के लिए गयी है."

"उन दोनों के साथ तुम क्यों नहीं गए हों?"

बिंदियां ने भी बिंदियां को बताया

"हमारे गोत्र को यह श्राप है कि अगर हम द्रव के राज्य में चले गए तो हम राख होकर बिखर जाएंगे. वो मेरा बहुत अज़ीज़ दोस्त है. मुझे उस पर पूरा भरोसा है. वो उल्मी का पूरा ध्यान रखेगा."

यह कह कर वो चुप हो गया. बिंदियां उसे एकटक देख रही थी

"तुम उल्मी से शादी करना चाहते हो?"

"हाँ. अगर उल्मी चाहे तो हाँ..."

बिंदियां के मुख पर मुस्कान तैर गई. अचानक बिंदिया ने देखा फूल ने रंग बदल लिया. वह घबराकर खड़ी हो गई. वह समझ गई कि कोई तो उन दोनों की जासूसी कर रहा है, वरना उसे विचित्र सा अहसास नहीं होता.

उथप्पा ने उसके अचानक उठने का कारण पूछा. बिंदिया ने कहा

"कुछ नहीं बस यूँही खड़ी हो गयी..."

उथप्पा ने बिंदियां से पूछा

"कोई तो बात है जो तुम मुझे बता नहीं रही हो बिंदियां."

बिंदियां ने कहा

"ना जाने मुझे बार-बार ऐसा अहसास हो रहा है कि यहाँ कोई तो है. तुम अपनी दिव्य दृष्टि से देखकर बताओ वह कौन है और क्या चाहता है."

उथप्पा ने उसके गालों को थपथपाते हुए कहा

"अच्छा बार फिर से देखने की कोशिश करता हूँ."

उस के आँखें बंद करते ही शक्ति वहाँ से चली गई दोनों एक दूसरे का हाथ पकड़ बगीचे में घूमने लगे. तभी उथप्पा ने बिंदियां से पूछा

"क्या तुम अपने बारे में कुछ बता सकती हो?"

"हाँ! मैं सबकुछ बताऊंगी तुम्हें.... क्योंकि तुम एक बहुत अच्छे राक्षस और मेरे अच्छे दोस्त बन गए हो, हैं ना?"

बिंदियां ने बताना शुरू किया

"मैं सुंदर सुदूर पूर्व देश के एक साधारण से युवक से प्यार कर बैठी थी... मुझे उस युवक से पहली नजर में ही प्यार हो गया था.... युवक भी मुझे दिलो जान से चाहने लगा था..... मैं एक साधारण युवती रूप

में उससे मिलती थी... वह मेरी खूबसूरती पर लट्टू हो गया था... मैं जब भी उससे मिलती.... वह अपलक मुझे निहारता रहता था... वह मेरे लिए रंग-बिरंगी चूड़ियां लाता और प्यार से मुझे पहनाता... उसे पता था मुझे चूड़ियां बहुत पसंद है... वो मेरे लिए कभी लाल, कभी पीली, कभी हरी चूड़ियाँ लेकर आता... जब वह मुझे पहनाता था तो उसके चेहरे पर आए तेज से चूड़ियां चमकने लगती.... वह खुशी से उछल पड़ता है और मुझे गोद में उठा गोल गोल घूमा देता... हम दोनों खेत-खलिहानों में मस्ती करते रहते... हमारा प्यार बढ़ने लगा.... अगर हम दोनों 1 दिन भी आपस में नहीं मिलते तो हमारी जान निकलने लगती..... 1 दिन मैं हमारे मिलने वाली जगह पहुँची पर जुगनू नहीं आया.... मैं इंतजार करती रही पर वह नहीं आया... मेरे इंतजार की घड़ियां लंबी होती जा रही थी... अचानक आकाश में काले काले बादल घिर आए, तेज बारिश होने लगी. मुझे उसकी चिंता होने लगी.... साथ ही डर भी लगने लगा कि मेरे माता-पिता भी मेरी चिंता कर रहे होंगे... ये सब सोच मेरी आँखों में आंसू आ गए... मेरे अंदर अहसास की शक्ति के साथ यह भी शक्ति है कि अगर मेरी आँखों से बहे जमीन पर गिर गए तो मैं क्रौंच पक्षी बन उड़ जाऊंगी और तब तक वास्तविक स्वरुप में नहीं आ सकती, जब तक महल के सरोवर में स्नान न कर लूँ... मैं ज्यों ही क्रौंच पक्षी का रूप ले चुकी थी... तभी मुझे अहसास हुआ कि जुगनू मुझे ढूंढने उसी जगह पर आ गया था जहाँ मैं उसका इंतजार कर रही थी.... अब मैं विवश थी.... उसे कोई कोई बात नहीं बता सकती थी, ना ही मैं वापस असली रूप में आ सकती थी... शायद क्रौंच पक्षी का रूप लेते समय उसने मुझे देख लिया था... मैं वहीं पेड़ पर बैठी उसे देखने लगी.... जुगनू मुझे पुकार-पुकारकर ज़ोर ज़ोर से रो रहा था. मैं पेड़ पर बैठी रो रही थी... वह अपने देर से आने का कारण बता रहा था... उसकी माँ की तबियत बहुत खराब थी.... उसके पिता का देहांत 5 साल पहले ही हो गया था... घर में बड़ा बेटा वही था... एक छोटी बहन थी... गरीबी के कारण अभी उसकी शादी नहीं हुई थी.... वह बहुत मेहनती था... वह अपनी बहन के लिए धन इकट्ठा कर रहा था... मैं उनकी सहायता करना चाहती थी पर मेरा राज़ भी उसको नहीं बता सकती थी. अच्छा था... उसने ही मुझे मना कर दिया... उसने मुझे

ना करते हुए कहा था वो पहले अच्छी कमाई कर अपनी बहन की शादी करना चाहता था.... उसने कभी भी मेरे विषय में जानने की कोशिश नहीं की कि मैं कौन हूँ? कहाँ रहती हूँ? बस मुझे प्यार किये जाता रहा..... छोटी चीजें मुझे उपहार उपहार में देता था.... मैं इतनी खुश होती थी कि मुझे करोड़ों का खजाना मिल गया हो.... पर आज मैं बहुत दुखी हूँ कि वह बिंदियां पुकारकर मुझे बुला रहा है और मैं कुछ भी नहीं कर सकती... अचानक जुगनू बेहोश हो गया... मुझे उसकी दशा का अहसास हो गया... मैंने तुरंत अपने पंख फैला कर उस पर उसे बैठा लिया और अपने महल में ले आई... वैद्य के पास ले जाकर उसका इलाज कराया.... अतिथिगृह में सेवा के लिए दास-दासियों को रख मैं सरोवर की ओर जल्दी-जल्दी गई क्योंकि मैं असली रूप में आ तुरंत माता-पिता के पास जाना चाह रही थी.... अपनी देरी का कारण भी बताना चाह रही थी..... मैंने सरोवर में जल्दी से डुबकी लगाई मैं जल्दी से बाहर आ गई थी... बाहर आकर मैंने देखा कि चारों तरफ बहुत तेज शोर हो रहा है मानवगंध-मानवगंध मैं फिर वापस राक्षसी रूप में आ गई थी. मुझे आज तक जुगनू ने एक सुंदर लड़की के रूप में ही देखा था... मैं दौड़ी..... अतिथिकक्ष में जुगनू होश में आ चुका था.... वह अपने इर्द-गिर्द राक्षसों को देख पहले ही भयभीत था.... फिर उसने मुझे राक्षसी के रूप में देखा तो उसकी चीख निकल पड़ी... मैंने दौड़कर उसके मुँह पर हाथ रखते हुए कहा कि मैं बिंदिया हूँ जुगनू! तुम चीखो मत वरना तुम मारे जाओगे.... उसने मुझे गौर से देखते पूछा....

"मारा क्यों जाऊंगा?"

तो मैंने उसे समझाते बताया कि... मैं एक राक्षसी हूँ... इस राज्य की राजकुमारी... मुझे तुमसे प्यार है... किंतु यहाँ के राक्षसों को तुम से कोई लेना देना नहीं है... चारों तरफ मानव गंध को महसूस कर राज्य में आए मानव को ढूंढ रहे हैं.... ये दोनों दास दासी मेरे वफ़ादार है इस कारण तुम बचे हुए हो.... और.... ये बताओ तुम मुझसे तो नहीं डर रहे हो.... मैं तुम्हारी पूरी रक्षा करूँगी... बस तुम यहाँ से बाहर मत आना... जुगनू ने सिर हिलाकर हामी भर दी... मैं वापस जाने के लिए मुड़ी थीं कि जगनु ने कहा

"तुम इस रूप में भी बहुत प्यारी लग रही हो, मुझे बिल्कुल भी डर नहीं लग रहा है. बस तुम अपना ध्यान रखना. माता पिता को मेरा प्रणाम कहना."

यह कह कर जुगनू मुस्कुरा दिया... मैं भी उसके भोलेपन को देखकर मुस्कुरा दीं... मैं अंदर ही अंदर बहुत डर गई थी... क्योंकि अगर मेरे माता पिता को जगनू का पता चल गया तो वे उसे जिंदा नहीं छोड़ेंगे... साथ ही मुझे भी ऐसा कर देंगे की मैं जिंदगी भर तड़पती रहूंगी... मैं वहाँ से निकल तुरंत अपने माता-पिता के पास आ गई... माता-पिता ने अपनी पुत्री को गले लगाया और उसकी कुशलक्षेम पूछी... साथ ही महल में आ रही मानवगंध का अर्थ भी पूछा... मैंने अपने माता-पिता को जुगनू और अपने बारे में सारी बात बता दी... मेरे माता-पिता मुझसे बहुत प्यार करते थे.... अपनी पुत्री का दिल नहीं तोड़ना चाहते थे.... उन्होंने मुझसे कहा कि

"हे पुत्री! पहले तुम जुगनू की जान बचाओ... वरना तुम्हारा खूंखार मामा आया हुआ है... वह उसे जिंदा निगल जाएगा.. पुत्री! तुम उसकी जान बचाने के लिए तुरंत उसे सुरक्षित स्थान पर पहुँच आओ.. हाँ एक बात का ध्यान रखना...."

"वो क्या पिताजी?"

मैंने पूछा.

"जब तुम उसको सुरक्षित छोड़कर आओ तो किसी भी सूरत में पीछे मुड़कर मत देखना... वरना तुम उसे जिंदगीभर के लिए खो दोगी... तुम बहुत ढूँढने का प्रयत्न करोगी पर वो तुम्हें नहीं मिलेगा... बस तुम तड़प-तड़प कर रह जाओगी... पुत्री! इस बात का तुम ध्यान रखना..."

मैंने अपने माता-पिता को कहा कि वह इस बात का पूरा ध्यान रखूंगी... मैं जल्दी से अतिथिगृह की और दौड़ी... मैंने अपना विकराल रूप धर पंख फैलाकर तेजी से जुगनू को अपने पंखों में समेटकर... उस जगह पर ले आई जहाँ हम दोनों प्रेमी पूर्व वक्त मिलते थे... और घंटों बतियाते थे... मैंने जुगनू को प्रेमपूर्वक वहां उतरा... उसे स्वस्थ्य रहने का कहकर... मैं समझाकर जल्दी से जल्दी महल में पहुंचना चाहती थी क्योंकि मेरा मामा बहुत जल्लाद था... वह उस मानव को महल में कोने

कोने में ढूंढ रहा था... भगवान का शुक्र था कि मैं अतिथि गृह से जुगनू को ले कर निकल गई थी... वरना जुगनू मारा जाता क्योंकि सब जगह मानवगंध को ढूंढता हुआ वह अतिथि गृह की ओर आ गया था... मैं वहां से तेजी से उड़कर वहाँ से महल की ओर आना चाहती थी... मगर तभी एक जोर का धमाका हुआ.... मैंने घबराकर पीछे मुड़कर देखा वहाँ एक आग का गोला तेजी से चक्कर काट रहा था... जुगनू का कुछ पता नहीं था कि वह कहाँ गया... मैंने आसपास उसकी बहुत तलाश... किंतु कहीं भी दिखाई नहीं दिया.... मेरी आँखों से आंसुओं की धारा बह निकली... मेरे आंसू ज्यों ज्यों बहने लगे आग का गोला ठंडा होता जा रहा था... जब जुगनू कहीं भी नहीं दिखाई नहीं दे रहा था.. मुझे मेरे माता-पिता की बात याद आ रही थी... अगर मैंने पीछे मुड़कर देख लिया तो मैं जुगनू को खो दूंगी... मैं वहीं बैठे-बैठे यही सोच रही थी कि मैंने बहुत बड़ी गलती कर दी... पीछे मुड़कर देख मैं जुगनू को सचमुच खो चुकी थी... उस समय मैं अपने माता पिता की बात को समझ नहीं पाई थी... वे दोनों चाहते थे कि जुगनू की जान तो बचा लूँ किंतु उससे दूर भी हो जाऊं... तभी तो उन्होंने मुझे कहा.... उन्होंने उस जादुई गोले को मेरे पीछे भेजा था... जिससे मैं पीछे देख लूँ और जुगनू लुप्त हो जाए... मैं उससे बहुत प्यार करती हूँ... मैंने ना जाने कहाँ-कहाँ उसे नहीं ढूंढ़ा? पर वह कहीं नहीं मिला... उथप्पा ना जाने क्यों आज भी जब मैं तुम्हारे साथ यहाँ बैठी हूँ तो मुझे बार-बार यह अहसास हो रहा है कि जुगनू मेरे आस-पास ही है... तुम्हारे पास तो दिव्य-दृष्टि है तुम ही मेरे जुगनू को ढूंढने में मेरी मदद करो ना..."

उथप्पा बिंदिया का जुगनू के प्रति प्यार देख मुस्करा दिया. उसे अपनी उल्मी भी बहुत याद आ रही थी. वह सोचने लगा कि

"उसे गए दो ही दिन हुए... ऐसा लगता है जैसे मैं बरसों बरस से दूर हूँ... मैं चाहता था... बस दिन जल्दी से बीत जाए और उसकी उल्मी उसके पास आ जाये..."

उसे सोच में डूबा देखकर बिंदिया ने पूछा

"क्या हुआ उथप्पा? तुमने मुझे जवाब नहीं दिया? जुगनू को ढूँढने में मेरी सहायता करोगे ना? नहीं तो मेरे पिताजी मेरी शादी तुम्हारे साथ करवा देंगे और हम दोनों ही अपने प्यार को खो देंगे है."

उथप्पा ने कहा

"मैं जाकर तुम्हारी सहायता जरूरी सहायता करूँगा."

उसने दिव्यदृष्टि से बगीचे में चारों तरफ नजर घुमाई. तभी उसकी नजर एक बड़े फूल पर पड़ी है. उथप्पा देखने लगा 1 फूल उसकी दृष्टि में मानव के रूप ले रहा था. उसने बिंदिया से पूछा

"क्या तुम्हारे घर में किसी के पास दूसरे के रूप बदलने की शक्ति है?"

बिंदिया ने बताया

"मेरी माँ असुरों की बेटी है. उसकी उसके अंदर दूसरों का रूप बदलने का हुनर है. वो खुद किसी का भी रूप बनाकर कहीं भी जा सकती है. दूसरों का ऐसा रूप बना देती है जो कि उसकी शक्ति का प्रयोग किए बिना रूप मूल रूप में नहीं आ सकता."

उथप्पा से यह सुनकर बिंदिया को बताया

"जुगनू को तुम्हारी माँ ने ही रूप बदलकर फूल बना दिया है. जब तुम हमारे बगीचे में आई थी तब वह फूल बना बार-बार तुम्हे छूना चाहता था, वह तुम्हारा स्पर्श कर अपने दिल को तसल्ली देना चाहता था. उसका पुनः वही रूप तुम्हारी माँ ही दे सकती है."

यह सुनकर बिंदिया उथप्पा को देखती रही. वह एकदम से चीख पड़ी और रोते हुई बोली

"क्या कोई माँ अपनी बेटी के सुख को छीनकर उसे दुःख दे सकती है? बताओ..."

उथप्पा ने बिंदिया को समझते हुए कहा

"वह तुम्हारी माँ है... तुम्हारे भले के लिए ही यह सब किया होगा... तुम उनको विश्वास में लेकर उनसे पूछो कि उन्होंने जुगनू का रूप क्यों बदला और उन्हें बताओ कि तुम जुगनू के बिना नहीं रह सकती हो."

उथप्पा की बात सुनकर बिंदिया उस बड़े फूल के पास जाकर उससे लिपट गयी और उसे अपने गले लगा फूट-फूट कर रो पड़ीं. फूल ने भी अपने आप को भी बिंदिया से लिपटा लिया. वे दोनों बहुत देर तक एक-दूसरे से लिपटे रोते रहे. उथप्पा ने जैसे-तैसे दोनों को समझा अलग किया. उन्हें यह भी बताया

"यह राज़ उसे किसी को भी नहीं पता चलने देना चाहिए वरना जुगनू का रूप बदलकर न जाने क्या बना दे, फिर तुम उसे कहाँ ढूंढेंगे."

बिंदिया उथप्पा की बात से सहमत थी. उसने उथप्पा का बहुत धन्यवाद दिया. उथप्पा ने धन्यवाद देने का कारण पूछा तो बिंदिया ने बताया

"तुमने मेरे जुगनू को ढूँढने में मेरी सहायता की..."

उथप्पा ने नाराज होते हुए पूछा

"क्या मैं तुम्हारा मित्र नहीं हूँ?"

बिंदिया ने माफी मांगते हुए कहा

"तुम ही मेरे सच्चे दोस्त हो. अब तो मैं तुम्हें कभी भी धन्यवाद नहीं कहूँगी."

"ठीक है चलो..."

बिंदिया मुस्कुरा दीं. फिर दोनों महल की ओर जाने का उठ खड़े हुए. बिंदिया ने फूल को हाथ हिलाकर विदा किया.

उन दोनों को देखकर दोनों के माता-पिता अति प्रसन्न हुए. दोनों बच्चों के चेहरे की चमक देख समझ गए थे कि दोनों ने एक दूसरे को पसंद कर लिया है.

"क्यों ना दोनों की सगाई कर दी जाए?"

उथप्पा के पिता राक्षसराज़ गोविंद ने कहा. साथ ही माता गौतमी ने भी इस बात का समर्थन किया. बिंदिया के पिता कुंभराज यह सुनकर अति प्रसन्न हुए. तभी ज़ोर की आंधी चली. चारों तरफ काली घटा छा गयी. कुवलय नामक दैत्य राक्षसराज़ गोविंद ने राज्य की ओर बढ़ रहा था. उसे आता देख पूरे राज्य में सावधानी का डंका बजा दिया गया. डंके की आवाज सुनकर चारों तरफ भगदड़ मच गयी. इस नई मुसीबत से निपटने के लिए सब सतर्क हो गए. राक्षसराज़ गोविंद ने बिंदिया और उसके माता-पिता सहित उनके राज्य में पहुंचा दिया. इस तरह से उथप्पा और बिंदिया की शादी टल गई. सगाई अभी नहीं हो पाई थी इस कारण दोनों बच्चे भी स्वतंत्र थे. वे किसी से भी शादी कर सकते थे. यह सोचकर उथप्पा और बिंदिया ने राहत की सांस ली. अब दोनों अपने-अपने प्यार को पाने की कोशिश कर सकते हैं. कुवलय दैत्य राक्षसराज़ गोविंद के

राज्य की ओर से गया अवश्य था किंतु राज्य को नुकसान बिल्कुल भी नहीं पहुंचाया था. यह देख राज्य के प्रत्येक प्राणी ने राहत की सांस ली. उथप्पा को अपने माता-पिता के पास आए 9 दिन हो गए.

कल द्रव और उसकी उल्मी आने वाले हैं. यह सोचकर वो बहुत खुश था. उसने द्रव और उल्मी के आने की खुशी में उनके आने वाले रास्ते को बहुत सुन्दर से सजाया. वह उल्मी को अपने राज्य में नहीं बुला सकता था. उसे वापस जंगल में ही जाना पड़ेगा. वरना यहाँ उसे वो राक्षस मार डालेंगे जो उथप्पा से चिढ़ते हैं. अगले दिन सुबह से उथप्पा उठकर तैयार हो गया तो अपने माता पिता से वापस जंगल की ओर जाने की अनुमति मांगने लगा. माता-पिता ने उसे कुछ दिन और ठहर जाने को कहा किंतु उथप्पा ने फिर से आने का वादा किया और जंगल की ओर प्रस्थान किया. उसके साथ कुछ विश्वासपात्र सेवक थे जिन्हें उथप्पा ने ठिकाने का पता बता रखा था. उन्होंने वहाँ जाकर पहले ही उथप्पा के घर को सुंदर सजा दिया था. उथप्पा का दिल आज बल्लियों उछल रहा था. आज उसकी उल्मी आने वाली थी. यह सोच-सोचकर वह मन ही मन अति प्रसन्न हो रहा था. घोड़े पर सवार हो तेजी से जंगल के अपने महल की तरफ पहुंचना चाहता था. वहाँ की सारी व्यवस्था ठीक है या नहीं, यह जानना चाहता था. वो उल्मी के प्यारे चेहरे को पूरे दस दिन बाद आज जी भरकर देखेगा. उथप्पा ने ठान लिया था

"मैं हर हाल में आज उल्मी को अपने दिल की बात कहकर ही रहूंगा. उल्मी मैं तुमसे कितना प्यार करता हूँ... यह सुनकर वो कितनी खुश हो जाएंगी. वो भी मेरे प्यार को तुरंत स्वीकार कर लेंगी."

तभी घोड़े ने छलांग लगाई तो उसकी तंद्रा टूटी. आज रास्ता लंबा हो गया था. उसने फिर से सोचना शुरू किया

"कहीं उल्मी मुझे भूल तो नहीं गयी... उसको द्रव ने तकलीफ तो नहीं दी होगी..."

उथप्पा ये सोचते हुए जंगल में अपने घर में पहुँच गया. वो अंदर गया तो उसके सेवकों ने उसका स्वागत किया. उन्होंने पूरे घर को बहुत सुंदर सजाया था. थोड़ी देर में सुनहरा हंस उड़ता हुआ आया और उथप्पा के कंधे पर आकर बैठ गया. उथप्पा समझ गया कि उसका दोस्त द्रव और

उल्मी आने वाले हैं. उसने हंस को सहलाया और चुग्गा-पानी दिया. उसे दोनों का बेसब्री से इंतजार था. तभी घोड़ों की टाप सुनाई दिए उथप्पा तेजी से घर के बाहर आ गया. उसने देखा 10-12 घोड़े दूर से चलते हुए आते दिखाई दे रहे हैं. उसे समझ नहीं आया कि इतने घोड़े क्यों आ रहे है? द्रव और उल्मी तो एक ही घोड़े पर गए थे और वापस एक ही घोड़े पर सकते थे. थोड़ी देर में घोड़ों की टाप पास आ गई और उथप्पा की एक दासी दोनों की आरती उतारने के लिए थाल सजाकर ले आयी. यह सब उथप्पा ने ही करने के लिए कहा था कि द्रव और उल्मी का घोड़ा दरवाजे पर आकर रुका और दोनों नीचे उतर गए. द्रव ने उथप्पा को प्रेमपूर्वक गले लगाया. उथप्पा भी उससे प्रेम पूर्वक गले मिला. फिर उसने उल्मी की तरफ देखा. उल्मी ने भी उथप्पा को झुककर प्रणाम किया. उल्मी के चेहरे पर नज़र पड़ते ही उथप्पा का चेहरा सफेद पड़ गया. उसने देखा कि उल्मी की मांग में सिंदूर भरा और माथे पर सुन्दर सी बिंदी लगी हुई थी. वह जानता था कि मानव हो या दानव, दोनों में ही मांग में सिंदूर तब भरा जाता है जब उसकी शादी हो चुकी हो. उथप्पा यह भी जानता था कि उल्मी ने अपनी जान देते समय यह प्रण किया था कि वह अपने पति के नाम का सिंदूर तब तक नहीं लगायेगी जब तक कि वे उसके कर्मों का फल उसे चखा नहीं देती, उसके साथ हुए जुल्म का बदला नहीं ले लेती, फिर आज उल्मी की मांग कैसे भरी हुई है...

वह लगातार उल्मी की ओर देखे जा रहा था... तभी द्रव ने उसे टोकते हुए कहा

"मित्र! उल्मी को इतनी गौर से क्यों देख रहे हो?"

तब उथप्पा ने उल्मी की भरी मांग की तरफ इशारा करते हुए कहा

"मैं उसकी मांग की तरफ देख रहा था.."

"अरे भाई! इतना भी नहीं समझते हो क्या? शादीशुदा औरत मांग में सिंदूर लगाती है. उल्मी और मैंने शादी कर ली."

यह सुनकर उथप्पा के पैर कांपने लगे. उसे ऐसा लगा जैसे धरती फट गई हो, उसका सिर चकरा गया. अगर द्रव उसे नहीं संभालता तो धड़ाम से गिर जाता.

"उथप्पा-उथप्पा."

द्रव और उल्मी परेशान हो गए. उल्मी दौड़कर पानी ले आयी. उथप्पा को पलंग पर लेटा द्रव ने उसे पानी पीने को दिया और कुछ पानी के छींटे उथप्पा के चेहरे पर मारे. फिर उसके पास बैठ गया. उसे अपनी तबियत का ध्यान रखने के लिए कहा. उथप्पा ने अपने आपको सम्भाला और दोनों को शादी की बहुत मुबारकबाद दी. तभी उल्मी खाना लेकर आ गई. तीनों ने खाना खाया. उथप्पा ने ज़रा-सा खाना ही खाया और उसे खाने की इच्छा नहीं लग रही थी. साँझ हो चुकी हैं. संध्या वंदना कर तीनों बतियाने लगे.

द्रव ने बताना शुरू किया

"जब मैं यहाँ था, तभी मैं और उल्मी एक-दूसरे से प्यार करने लग गए थे. हमारा प्यार पहली नजर का प्यार था..."

उथप्पा की आँखें भर आईं थी. वह चुपचाप सब बातें सुन रहा था. साथ ही अपने आंसुओं को रुकने का भी भरसक प्रयत्न कर रहा था. द्रव ने आगे बताया

"जब हम यहाँ से गए.. तभी हमने तय कर लिया था कि मैं अपने माता-पिता से आगे लेकर उसी से शादी कर लूँगा... हम तुम्हें सरप्राइज़ देना चाहते थे... हम अपनी शादी में तुम्हें बुलाना चाहते थे.. किंतु श्राप के कारण श्राप के तुम मेरे राज्य में नहीं आ सकते थे... मेरे माता-पिता राज्य से बाहर जाकर हमारी शादी को तैयार नहीं थे क्योंकि चारों तरफ कुवलय दैत्य का आतंक-प्रकोप फैला हुआ था... उसे उल्मी की मानवगंध आ जाती तो वो उल्मी को खा जाता... दोस्त हमें तुम्हारी बहुत याद आती थी... उल्मी तो तुम्हारी बहुत प्रशंसा करती... तुम्हारी तारीफों के पुल बांधते नहीं थकतीं... तुम्हारे जैसे दोस्त को पाकर हम धन्य हुए... हम राक्षस भगवान का शुक्रिया करते है कि तुम्हारे जैसा दोस्त हमारे जीवन में आया.... हमें मिलाने में मदद की...."

उल्मी ने भी उथप्पा को बताया है कि

"द्रव के माता-पिता बहुत अच्छे हैं. उन्होंने मेरे मानवी होते हुए भी हमारे विवाह को अनुमति दे दी. उथप्पा अंदर ही अंदर जहर के घूंट पीकर रह गया. बस दोनों की बाते सुने जा रहा था. रात गहराने लगी तो उथप्पा ने सब काम निपटने के बाद उसने उल्मी और द्रव के लिए अलग-अलग

कमरा रखा था और अच्छी व्यवस्था भी करवाई थी. तभी द्रव ने उथप्पा को समझाया

"दोस्त! हम दोनों पति पत्नी हैं. शादीशुदा है. अब एक साथ एक कमरे में रह सकते है. अलग-अलग कमरों की आवश्यकता नहीं पड़ेगी. तुम चिंता मत करो."

यह सुनकर उथप्पा का दिल खून के आंसू रोने लगा. उसने आँखें नीचे कर ली. उल्मी और द्रव दोनों कमरे में जा चूके थे. उथप्पा भी पलंग पर जाकर लेट गया. उसकी आँखों से नींद कोसों दूर थी. वह रात भर सो नहीं पाया. वह उल्मी की बेवफाई के विषय में सोचता रहा था.

"उल्मी मैं तुमसे कितना प्यार करता था. उल्मी ने मुझे धोखा दिया है. उसने द्रव से शादी कर ली. ऐसी बेवफा औरत से उम्मीद भी क्या कर सकते हैं?"

ये सोच-सोचकर उसकी नस फटने लगी. उथप्पा उषाकाल में ही उठकर बाहर जंगल में चला गया था. जब उल्मी और द्रव उठे तो उथप्पा कहीं भी दिखाई नहीं दिया. उल्मी ने स्नान ध्यान कर नाश्ता तैयार कर लिया था. वे दोनों उथप्पा का इंतजार करने लगे. जब उथप्पा आया तो उन दोनों ने उथप्पा की सूजी आँखें देख उल्मी और द्रव हैरान होकर एक-दूसरे की तरफ देखा. द्रव ने पूछा

"भाई तुम्हारी आंखें कैसे सूजी है? तुम रात भर सोए नहीं थे क्या?"

उथप्पा ने घूरकर उल्मी को देखा. द्रव ने ये सब देखा तो जल भुन गया. क्योंकि उल्मी भी उथप्पा की तरफ ही देख रही थी. उल्मी की दशा देखकर उथप्पा को दुख हो रहा था. तीनों ने चुप्पी के साथ नाश्ता पूरा किया. तीनों के दिल में अजीब-सी हलचल थी क्योंकि जब से उल्मी और द्रव वापस आए हैं, पूरा माहौल गंभीरता को ओटे हुए थे. पहले वाला प्यार हँसी मजाक पूरी तरह से गायब था. अब बची थी तो बस खामोशी. घर का माहौल भारी हो गया था. घर का कोना-कोना तीनों को काटने दौड़ रहा था.

बस अब सुबह से शाम तक खाने-पीने के समय ही साथ होते थे वरना अपने-अपने काम में व्यस्त रहते थे. द्रव उल्मी को लेकर कब का वहाँ से चला जाता है अगर कुवलय दैत्य ने रास्ते में डेरा डाला ना होता

है. यह बहुत भयानक होता अगर रास्ते में आते समय उसने उल्मी की मानवगंध को सूंघ लिया था. उल्मी को उसने बड़ी मुश्किल से बचाया था. वह कोई भी परेशानी में उल्मी को नहीं फ़साना चाहता था. अब द्रव का दिमाग अलग दिशा में चलने लगा. उसे उथप्पा की चुप्पी अच्छी नहीं लग रही थी क्योंकि उसकी चुप्पी से उल्मी को दुःख होता है. वो उथप्पा की चुप्पी को समझ रहा था, साथ ही उल्मी की उपेक्षा करना भी उसकी समझ में आ रहा है. अब वो उथप्पा से छुटकारा पाना चाहता था. अब तक का व्यवहार उसे खेलने लगा था. उल्मी की वजह से उनकी दोस्ती में दरार पड़ गई थी. दोनों ही राक्षस थे पर उन्होंने एक-दूसरे को शुरू से ही वचन दिया था कि राक्षसों की शक्तियां एक-दूसरे पर कभी प्रयोग नहीं करेंगे. इसलिए द्रव राक्षस-शक्ति का प्रयोग उथप्पा पर नहीं कर सकता. राक्षस भी अपने वचन के पक्के होते हैं. मरते हैं तब तक अपना वचन भरते हैं. अपनी बात हमेशा के लिए निभाते हैं. उथप्पा के लिए उल्मी को परेशान होते देखकर, द्रव सहन नहीं कर पा रहा था.

एक रात उल्मी ने देखा द्रव दो-तीन राक्षसों से बात कर रहा है. वो उनकी बातें गौर से सुनने लगी. उसे बस इतना ही सुना कि

"मैं यह तलवार उसी के लिए तेज कर रहा हूँ... आज रात को उसका सिर धड़ से अलग कर दूंगा... तुम बस उसे पीसकर मिट्टी में मिला देना.... क्योंकि जलाने पर फिर से जिंदा हो जाएगा... क्योंकि उसके गोत्र को यह वरदान है कि वे जलने, पानी में डूबने, मारने-काटने के बाद वापस से जिंदा हो जाते है... साथ ही दिन के वक्त उनका मरना असंभव है... आज रात होने के साथ.. रात गहराने का इंतजार कर रहा हूँ... मुझे उल्मी की उसके प्रति हमदर्दी भी अच्छी नहीं लगती... उल्मी मेरी पत्नी होकर उसके बारे में फिक्र करती रहती है... ये मुझे बिल्कुल अच्छा नहीं लगता... उथप्पा के प्रति उसकी फिक्र कहीं प्यार में न बदल जाए.."

उसे उन पर बहुत गुस्सा आ रहा था. द्रव उन राक्षसों से यह भी कह रहा था

"उथप्पा के मरने के बाद, पूरे तांत्रिक राक्षस साम्राज्य पर भी अपना अधिकार हो जाएंगा... उल्मी को मैं मानव से रूप बदल के राक्षस बना दूंगा जिससे वह जीवन भर कहीं भी नहीं जा सकेगी... और मुझे भी किसी

बात का डर नहीं रहेगा..."

यह कहकर द्रव फिर से अपनी तलवार को तेज करने लगा. यह सब सुन और देखकर उल्मी का दिल ज़ोरों से धड़कने लगा. वह बहुत घबरा गयी. उसे चक्कर आने लगे. वह वहीं बैठ गयी, फिर तेजी से उठकर घर के अंदर आ गई. उथप्पा पलंग पर आराम से लेटा हुआ था. उसके कक्ष का दरवाजा खुला था. उसने उथप्पा को जल्दी से उठाया. उल्मी को अपने कक्ष में देखकर उथप्पा भी अचानक से उठ बैठा. उसे उल्मी पर बहुत गुस्सा आया. उसने उनको तुरंत वहाँ से जाने को कहा. उल्मी ने उथप्पा का हाथ पकड़ उससे दोस्त होने के नाते उसकी बात सुनने को कहा. उथप्पा ने उसे देखते हुए कहा

"बोलो क्या कहना चाहती हो?"

उल्मी ने उथप्पा को द्रव के मंसूबों का बताया और उथप्पा से अपनी जान बचाने को कहा. उथप्पा ने रूखे अंदाज में उल्मी से पूछा

"तुम मुझे क्यों बचाना चाह रही हो.... तुम तो द्रव की पत्नी हो... उसका साथ देना चाहिए... अच्छा है तुम्हारा रास्ता अच्छी तरह से साफ हो जाएगा..."

उल्मी की आंखें भर आईं. उसे आज महसूस हो रहा था की उसे उथप्पा की कितनी चिंता है. कहीं और उथप्पा का गुस्सा उस पर किसी कारण की वजह से तो नहीं है. उल्मी सोचने लगी

"कहीं उथप्पा... मुझसे प्यार तो नहीं करता... कहीं मुझे भी उससे प्यार तो नहीं था... क्यूँ मैं उसकी परवाह करती हूँ... उसका इतना ध्यान रखती हूँ..."

तभी बाहर आहट हुई और उल्मी जल्दी से दरवाजे की ओट में छिप गई. उधर उथप्पा भी तुरंत पलंग से उठकर बाहर निकल गया और बाड़े के अंदर जाकर छिप गया. मुख्य दरवाजे से उसने द्रव को अंदर आते देखा. उसने तलवार को छिपाकर रखा था. वह अपने कक्ष की ओर चला गया. उल्मी उसके अंदर आने से पहले पलंग पर जाकर चुपचाप लेट गयी थी. उसने उसे आभास भी नहीं होने दिया कि उसे सबकुछ पता है. द्रव की खटपट की आवाज करने से उल्मी ने नींद टूटने का बहाना किया और पलंग पर उठकर बैठ गई. द्रव ने उससे पूछा

"क्या हुआ? तुम जग कैसे गयी?"

उल्मी ने कहा

"आप की आहट से जाग गई."

उल्मी ने द्रव से पूछा

"आप इतनी देर से कैसे आये है? मुझे डर लगने लग गया था."

उसने बताया

"मेरे दो तीन साथी राक्षस मिल गए थे... बस उनसे बातें करने में समय लग गया... और ये बताओ तुम डर क्यों रही थी... वो उथप्पा था ना घर में..."

"उथप्पा उसने तो मुझसे बात करना भी बंद कर दिया... भला मेरी सहायता करने कैसे आ जायेगा..."

"ओह!"

उसने उल्मी के सिर को अपने सीने से लगाते हुए कहा

"तुम चिंता मत करो. मैं इस समस्या से तुम्हें जल्दी ही छुटकारा दिला दूंगा. अब सो जाओ. मुझे भी नींद आ रही है."

उल्मी पलंग पर लेट गयी और अपनी आँखें बंद कर सोने का बहाना करने लगी. मगर उसकी आँखों में नींद नहीं थी. द्रव भी जाग रहा था. वो उल्मी के सोने का इंतजार कर रहा था. उसे जल्दी से जल्दी अपने उद्देश्य को पूरा करना था. उल्मी के खर्राटे की आवाजें आने लगीं तो द्रव धीरे से उठा और तलवार लेकर उथप्पा के कक्ष की ओर चल दिया. रोज़ कमरे का दरवाजा खुला छोड़ने वाला उथप्पा दरवाजा बंद करके सो रहा था. द्रव मन मसोसकर रह गया. वह यह भी नहीं समझ पाया

"उथप्पा ने कक्ष का दरवाजा बंद कैसे किया?"

वह जितना ज्यादा सोचता उतना ही उलझता जा रहा था. रात्रि का तीसरा पहर चल रहा था. रात का सन्नाटा द्रव को बार-बार सोने को कह रहा था हालांकि राक्षसों के वितरण का समय हो गया था किंतु विश्राम न करने के कारण उसका बदन टूट रहा था. तभी उसे उथप्पा के कक्ष में रौशनी दिखी. वह तेजी से अपने कक्ष की ओर चल दिया. उसने देखा उल्मी चैन से सो रही थी. वह भी सोने का नाटक करने लगा. उथप्पा अपने घोड़े पर सवार होकर वितरण के लिए चल दिया था. उसने द्रव और

उल्मी के कक्ष की ओर देखा वहाँ सन्नाटा था. उथप्पा, द्रव के धोखे का सोच रहा था. उल्मी का सोच उसका मन वितृष्णा से भर गया. द्रव और उल्मी के पहले विश्वासघात को भूल भी न सका कि द्रव द्वारा उसकी हत्या करने का सुना तो वो सन्न रह गया. वह समझ नहीं पा रहा है कि उसके बचपन का दोस्त इतना बदल कैसे गया. वह उसकी हत्या करने की सोच भी कैसे सकता है. उसने तो कभी उसके साथ कुछ बुरा नहीं किया. अगर तांत्रिक शक्तियां एक-दूसरे पर इस्तेमाल न करने का प्रण ना किया होता तो द्रव उसके द्वारा भी उथप्पा का अंत कर देता. उथप्पा तब अपने क्षेत्र से काफी आगे चला गया था. वह यह नहीं जान पाया था कि कब वो कुवलय दैत्य के क्षेत्र के आस पास पहुँच गया. उथप्पा ने अपना रूप बदल लिया और एक पक्षी बन वहाँ बाहर आ गया. उसका घोड़ा कुवलय दैत्य के क्षेत्र में ही रह गया था. उसका असली रूप वापस घोड़े पर बैठने पर ही आ सकता था. उसने अपने घोड़े को उस क्षेत्र से बाहर निकालने का भरसक प्रयत्न किया किंतु उसे निकालने में सफल नहीं हुआ. साँझ हो चुकी थी. उल्मी, उथप्पा के लिए चिंतित हो रही थी किंतु अपनी चिंता को द्रव से कह भी नहीं सकती थी. तब उथप्पा पक्षी की वेश में ही अपने जंगल के महल में आगे आकर वह सबसे ऊंचे पेड़ पर बैठ गया. हालांकि भूख-प्यास के कारण उसका दम निकला जा रहा था. उथप्पा पशु-पक्षियों को खाकर अपना पेट भर सकता था किंतु उल्मी के प्रति उसके प्रेम ने उसे बदल दिया था. अब वह शाकाहारी बन गया था. वह कुछ फल खाकर पेड़ पर ही सो गया. वह जानता था कि द्रव अपनी दिव्यदृष्टि से केवल 20 फ़ीट की ऊंचाई तक ही देख सकता है. वो किसी को भी देख सकते हैं और बदले हुए रूप को भी पहचान सकता है. उथप्पा तो पक्षी रूप में 40 फ़ीट पर था.

इधर उथप्पा के घर न आने के कारण उल्मी का दिल घबराने लगा. उसे आज यह अहसास हो रहा था कि वह उथप्पा से सचमुच प्यार करती है. वो उथप्पा के सच्चे प्यार को समझ ही नहीं पाई थी. वो उथप्पा को याद कर रोने लगी थी कि कैसे उथप्पा ने उसकी जान बचाई थी? कैसे वह उसका पूरा ख्याल रखा था... उसे कोई परेशानी नहीं होने देता था... उसके पांव में अगर काटा भी चुप जाता है तो कैसे तड़प उठता था... कैसे

उसका ख्याल रखता था... उसके लिए रोता था... कैसे तब वह उसके साथ रहकर शाकाहारी बन गया था..

"मैं यह सब क्यों नहीं जान पायी..."

उसने उथप्पा को कितना कष्ट दिया है. कैसे उसने और द्रव ने उथप्पा को धोखा देकर शादी कर ली... कैसे उथप्पा के बिना द्रव के साथ उसके राज्य में चली गयी...

"मैं क्यूँ उसके प्यार को पहचान नहीं पाई..."

उथप्पा ने द्रव के साथ न जाने देने के लिए कितने बहाने बनाए थे... कितनी बातें बोली थी...

"पर मैं द्रव के प्यार में इस कदर अंधी हो गई थी कि उथप्पा के विश्वास को तोड़कर... उसकी भावनाओं को ठेस पहुंचाकर चुपके से उसके साथ शादी कर ली... उससे एक बार भी क्यों नहीं पूछा... सूचना देना भी जरूरी नहीं समझा.."

ये सोच-सोचकर वह सुबकियां लेने लगी. द्रव सुबह से ही बाहर गया हुआ था वरना उल्मी के रोने का असली कारण जानकर उसकी क्या दशा करता. उसने तुरंत अपने आंसुओं को पोंछकर अपने आप को संभाल लिया. वह जानती थी कि उथप्पा उसे आसानी से माफ़ नहीं करेगा. वरना वो उसे इतने घृणित भाव से देखता है. वह तो वैसे ही आत्मग्लानि से मर रही है. ऊपर से उथप्पा की बेरुखी से और ज्यादा दर्द दे रही थी. तभी बाहर से द्रव को आता देख उसने अपने आप को काम में व्यस्त कर लिया. आज द्रव का चेहरा तमतमा रहा था. कल रात द्रव उथप्पा को मार नहीं पाया था. इसका उसे मलाल था, साथ ही उसे यह भी गम था कि उल्मी भी उससे कहीं न कहीं कटी-कटी रह रही है. उसने उल्मी से पूछा

"क्यों तुम मुझसे ऐसा व्यवहार क्यों कर रही हो?"

उल्मी ने मुँह घुमाकर कहा

"कुछ नहीं... नहीं तो..."

द्रव ने अपना हाथ उसके चेहरे पर रखा और उसका चेहरा अपनी तरफ करते हुए दोबारा उसके बदले हुए व्यवहार का कारण पूछा तो उल्मी ने ज़हरीली नागिन की भाँति फुँकारते हुए नागिन की तरह द्रव की तरफ देखते हुए पूछा

"उथप्पा को क्यों मारना चाहते हो."

"मैं उथप्पा को क्यों मारूंगा बल्कि मैं तो उसकी रक्षा करूँगा... वह मेरा दोस्त है."

फिर उसने आँखों में अंगारे भर पूछा

"सच बताओ तुम्हें किसने बताया कि मैं उथप्पा को मारना चाहता हूँ..."

उल्मी चुप रह कुछ ना बोली. उसकी चुप्पी द्रव को अच्छी नहीं लगी. उसने उल्मी से तेज स्वर में फिर पूछा

"बताओ तुम्हे किसने बताया? और हाँ... कहीं ये बात तुम्हीं ने तो उथप्पा को तो नहीं बता दी... इस वजह से उथप्पा अपनी जान बचाकर यहाँ से चला गया है..."

उल्मी फिर भी चुप रही. द्रव को बहुत गुस्सा आया. उसने गुस्से में उल्मी को इतना मारा कि उसकी टाँग ही टूट गई. मारने के बाद ना तो उसने उल्मी की ओर देखा और ना ही उसे सम्भाला. वो उससे में जंगल की ओर चला गया. द्रव के घर से जाने के बाद पेड़ से उथप्पा उतरा. उल्मी दर्द से कराह रही थी. उसने अपने पंखों के सहारे उल्मी को पलंग पर लेटाया और उसके घावों पर दवा लगायी. टूटी हुई टांग पर भी लेप लगाया. हालांकि यह सब करने के दौरान वो उल्मी को घृणित भाव से ही देख रहा था. उल्मी उस पक्षी को पहचान नहीं पाई. दवा के कारण उसका दर्द कुछ कम हुआ. फिर उसे नींद आ गयी. वो उठी तो उसके मन में द्रव राक्षस के प्रति घृणा भर उठी.

"क्या इसे ही पति कहते हैं? यह भी मेरे मानव पति की तरह ही क्रूर और जालिम है? इसमें और उसमें कोई अंतर नहीं है... उसे अपने मानव पति का अंतिम रूप याद आ गया कि कैसे उसने उसे पहाड़ी से धक्का दिया था और फिर बचाने का नाटक किया था... वह उसके बच्चों के सामने एक अच्छा इंसान बन गया था... बच्चे इसलिए नहीं जान पाए थे क्योंकि वो पति के अंतिम शब्द नहीं सुन पाए थे... वह कुछ भी नहीं बोल पाई थी.. इसका फायदा उठा उसने मुझे बचाने का नाटक किया और घड़ियाली आंसू.... 'बचाओ-बचाओ' वहाँ वो अच्छा इंसान भी बन गया..."

'उल्मी उस दिन को याद करने लगीं जब वह शादी होकर आई थी... तो उसे लगा उसका पति उससे बहुत प्यार करता था... उसे लगा उसका पति उससे बहुत प्यार करता था... हो सकता है सच में बहुत प्यार करता हो... वह अपने पति से भी प्यार करती थी... वह पति द्वारा किए जाने वाले छल को समझ नहीं पा रही थी.. उसका पति उसका बहुत अपमान करता था.. बाहर वालों के सामने बहुत दिखावा दिखाता था कि वह उल्मी का कितना सम्मान करता है... उसे दिलों जान से चाहता है... उल्मी को हर जगह अपने मतलब के लिए इस्तेमाल करता था... उसके बच्चे.... उसके पति ने उसका न तो ध्यान रखा और न ही किसी प्रकार की कोई सुविधा दी... बच्चे धीरे-धीरे बड़े हुए... वो उल्मी को मीठी गोली देता रहता... यानी कि वो दिखावा करता हुआ अपना हर काम उससे निकलवाता रहता...

"मैं अपने पति के चंगुल में इस तरह से फंस चुकी थी जैसे बाज़ के पंजे में चिड़िया फंस गई हो..."

उल्मी का दिल और दिमाग दोनों उसने बहुत कमज़ोर कर दिए थे... उसने उल्मी को इस कदर अपने ऊपर निर्भर कर लिया था... कि अब सचमुच उल्मी अकेले कोई भी काम नहीं कर सकती थी... वह हर छोटी से छोटी बात या काम के लिए अपने पति से पूछा करती... उसके कहे बिना कोई काम नहीं करती थी... वह उसके छल में इस तरह से उलझ चुकी थी... वह हर बात के लिए छटपटा कर रह जाती... उसका पति उसे कहीं भी घूमाने ले नहीं जाता... 1 दिन न जाने उसके पति को क्या सूझी या कहो उसने उल्मी से पीछे छुड़ाने का सोच लिया था... वह उत्तराखंड की पहाड़ियों पर उल्मी और बच्चो को घूमाने के लिए ले आया था.. वह जानता था कि बच्चों को पहाड़ी का स्थान बहुत प्रिय है... हालांकि पहाड़ी क्षेत्र उल्मी को भी पसंद था... किंतु उसने अपने मन को मार लिया था... उसे कोई भी चीज़ अच्छी नहीं लगती थी... उसका स्वभाव चिड़चिड़ा हो गया था... वह हर समय खींचती रहती है... घूमने जाने की बात पर भी उसके मन में कोई खास एहसास नहीं था... वह तो बस बच्चो का मन रखने के लिये उनके साथ घूमने आ गई थी... उल्मी भी जानती थी कि उसके पति का कोई न कोई उद्देश्य या कोई ना कोई चाल जरूर है...

वरना वो उन्हें कहीं घुमाने ले जाने का नाटक करने वाला नहीं... और वहाँ नहीं आता.... साँझ का समय हो गया था.. ऊंची पहाड़ी पर घूमते हुए उसके पति ने मौका पाकर उल्मी को धक्का दे दिया था...'

ये सोचते सोचते उसे नींद आ गयी. उधर द्रव जंगल में भटक रहा था. वह उथप्पा को ढूंढकर हर हाल में मार देना चाहता था परंतु उथप्पा कहीं भी दिखाई नहीं दे रहा था और कहीं भी नहीं मिल रहा था. भटकते हुए द्रव भी अनजाने में कुवलय दैत्य के इलाके में चला गया. इसका उसे एहसास भी नहीं हुआ. वहाँ घूमते दानवों को वह न जाने क्यों अजीब ढंग से देख आगे बढ़ जाता है क्योंकि उसे वहाँ अपने जैसे कोई भी दानव नहीं दिखाई दे रहा था. तभी उसकी नजर उथप्पा के घोड़े पर पड़ी. वह पहचान छिपाकर घोड़ों के पास जा पहुंचा. घोड़ा बोलता था. द्रव ने उस बोलने वाले घोड़े से पूछा

"उथप्पा कहाँ है?"

घोड़े ने ठुमकते हुए कहा

"मुझे क्या मालूम."

उसके जवाब से द्रव को बहुत गुस्सा आया. उसने घोड़े को मारना शुरू किया. घोड़े ने उसे फिर से विश्वास दिलाया है

"मैं नहीं जानता उथप्पा कहाँ है..."

घोड़ा इसलिए चुप था क्योंकि वो यह बात जान गया था कि द्रव उथप्पा को मारना चाहता है. घोड़ा मन ही मन सोचने लगा

"मैं जानता हूँ... तुम उथप्पा को मारना चाहते हो... मुझे अपने मालिक की जान बचानी है..."

घोड़ा यह भी जानता था कि द्रव, उथप्पा का पक्का दोस्त है. जब वो जा रहे थे तब उथप्पा ने दुखी होकर उसने द्रव के विश्वासघात का घोड़े को बता दिया था. इसी कारण ही घोड़ा द्रव को नहीं बताना चाहता था कि उथप्पा पक्षी बन गया है. तभी द्रव ने देखा कुवलय दैत्य उन्हीं लोगों की तरफ से बढ़ रहा था. उसकी आँखों से अंगारे निकल रहे थे. तभी घोड़े ने द्रव को समझाया

"तुम जल्दी से बंदर का रूप बनाकर तुरंत पेड़ पर चढ़ जाओ."

उथप्पा के घोड़े की बात सुनकर द्रव ने तुरंत बंदर का रूप बना लिया और फौरन पेड़ पर चढ़कर बैठ गया. किंतु दुर्भाग्य से उसकी तांत्रिक शक्ति वाली अंगूठी कुवलय दैत्य के सामने गिर गयी. उसकी अंगूठी के जादू से ही वह दुबारा राक्षस के रूप में आ सकता था. कुवलय दैत्य ने द्रव की ऊँगली से निकली उस अंगूठी को जैसे ही हाथ में लिया वो एक कीड़ा बन गई. उस अंगूठी के कीड़ा बनते ही कुवलय दैत्य ने उसे खा लिया. कुवलय दैत्य ने ना जाने किन-किन चीज़ों को अपने पेड़ में डाल रखा था जो बहुत अद्भुत थी. वह उस कीड़े को खा और उस घोड़े को तीखी नजरों से देखते हुए आगे बढ़ गया. घोड़ा भय से थर-थर कांपने लगा क्योंकि वह जान गया था कि उसका अगला शिकार वही है. कुवलय दैत्य के जाने के बाद बंदर बना द्रव पेड़ से उतरा और अपनी अंगूठी ढूंढने लगा. अंगूठी होती तो उसे मिलती. वो तो कुवलय दैत्य कब का हजम कर चुका था. द्रव निराश होकर वहीं बैठ गया. थोड़ी दूर पर खड़े घोड़े ने बंदर को आवाज़ दी किंतु द्रव जो बंदर बन चुका था. वो ना तो राक्षसों की भाषा समझ पा रहा था ना ही मानवों की. तभी घोड़े को एक युक्ति सूझी. उसने उछल कूद मचा दिया जिससे बंदर का ध्यान दूसरी तरफ चला जाए और वह खुद की और द्रव के निकालने की बात कह सकें. घोड़े के पैरों में बंधे घुंघरू की आवाज सुनकर बंदर तो नहीं आया बल्कि दानव सैनिक दौड़ें-दौड़ें आ गए. उन्होंने अपने जीवन में नाचने वाला घोड़ा नहीं देखा तो वो खुश होकर नाचने लगे. अचानक घोड़े के दिमाग में वहाँ से आजाद होने की तरकीब सूझी. उसने मानव आवाज में बोलते हुए दानव सैनिकों से कहा

"अगर तुम मेरा सुंदर नृत्य देखना चाहते हो, तुम मेरा बंधन खोल दो. मैं तुम्हें बहुत सुंदर नृत्य दिखाऊंगा."

घोड़े को बोलते देखकर दोनों सैनिकों ने आश्चर्य से उसे देखा. उनके आश्चर्य की तो कोई सीमा ही नहीं रही थी, कोई ठिकाना नहीं रहा. वह घोड़े को बात करते देखना उनके लिए बहुत अद्भुत था. एक दानव सैनिक ने तुरंत उस घोड़े को के बंधनों को खोल दिया. घोड़ा बंधन खुल जाने के कारण स्वतंत्र होकर नाचने लगा. उसके साथ-साथ दानव सैनिक भी नाचने लगे. तभी घोड़े ने अपनी नशीली सांसों से उनके ऊपर छोड़ना शुरू किया. सारे दानव सैनिक बेहोश हो गए. घोड़े ने चारों तरफ देखा उसे

दूर-दूर तक कोई नजर नहीं आया. उसने बंदर बने द्रव को भी ढूँढने का प्रयत्न किया. उसे बंदर भी कहीं दिखाई नहीं दिया. उसके पैरों के पास से एक बहुत बड़ा सांप जरूर गुजर गया था. घोड़ा कुछ भी नहीं समझ पाया कि बंदर कहाँ गया और यह सांप कहाँ से आया. तभी एक भवंडर आया और घोड़े को लपेटते हुए काली गुफा में ले गया. गुफा अनेक जीवों से भरी हुई थी. उस भवंडर ने उस घोड़े को भी उन्हीं के बीच तेजी से पटक दिया. सांप बना द्रव जो कि बंदर से सांप बन गया था. वह काली गुफा में अपने आप आ गया. घोड़े ने सांप को देखा तो समझ गया कि जरूर यह द्रव ही है. जो बंदर से सांप बन गया. घोड़े ने इसका कारण पूछा तो सांप ने बताया

"मैं राक्षस से बंदर तो अपनी मर्जी से बन गया था किंतु मेरी तंत्रिका अंगूठी नीचे गिर गई थी. मैंने उसे बहुत ढूंढा पर वो अंगूठी नहीं मिली किंतु वहाँ की धूल जो मेरे सांसों में चढ़ती जा रही थी उससे मेरा रूप बंदर से सांप में बदल गया."

तभी सारे जीव आपस में एक-दूसरे से बातें करने लगे. घोड़ा मानव आवाज के साथ साथ राक्षसों की भाषा भी बोलता था. इसलिए वो सभी से बात करने लगा. उन्होंने घोड़े और सांप से अपनी-अपनी कहानी बताने को कहा और साथ ही पूछा

"तुम दोनों कैसे कुवलय दानव शिकंजे में फंसे?"

घोड़े ने पहले सांप को बताने को कहा. सांप ने लंबी सांस ली और शुरू से अंत तक अपनी कहानी सुनाई और दोस्तों के साथ किया विश्वासघात का भी बता दिया. ये कहकर वो फफक-फफककर रो पड़ा. सारे जीव एक-दूसरे से कानाफूसी करने लगे. सबने सांप को एक स्वर में कहा कि

"तुम अपनी करनी का भुगत रहे हो इसलिए सांप की योनि को सभी से खोटी माना जाता है. और अब अगर तुम ठीक भी हो गए तो अपने मित्रों के साथ धोखा ही करोगे. कोई भी तुम्हारा भरोसा नहीं करेगा."

फिर सभी घोड़े की तरफ मुखातिब हुए और उससे पूछा कि

"तुम आप अपनी कहानी बताओ."

घोड़े ने बताना शुरू किया

"मेरे मालिक को उथप्पा एक बहुत भला, बहुत अच्छा राक्षस है."

तभी बीच में टोककर बिल्ली ने पूछा

"फिर वह तुम्हें यहाँ क्यों छोड़ दिया?"

घोड़े ने बताना शुरू किया

"उथप्पा राक्षस बहुत अच्छा है और नेक दिल है. मुझे बहुत प्यार करता है. वो एक इंसान के लिए पूर्णतया शाकाहारी बन गया. वह उल्मी मानवी से बहुत प्यार करता है. जानें उल्मी को उसके दोस्त द्रव में क्या देखा कि वो मेरे मालिक के प्यार को नहीं पहचान पाई, इससे प्यार कर बैठी... उथप्पा भी उल्मी को बहुत प्यार करता था किंतु उसने अपने दोस्त के साथ छल किया. उल्मी के लिए उथप्पा ने अपना घर, अपने माता-पिता, राजपाट को छोड़ दिया था और उसके पास आ गया था. यह सब उसने उल्मी के लिए किया था. यह सब द्रव जानता था वह अपने दोस्त की भावना की कद्र करता तो उल्मी से दूर रहता. हालांकि प्यार किया नहीं जाता बल्कि हो जाता है पर यह तो पहली नजर में अपना दिल दे बैठा था... और उल्मी... वह भी बेवफा निकली..

उसने तनिक भी शर्म नहीं जिसने उसकी जिंदगी बचाई, जो उसका इतना ध्यान रखता है उसे द्रव के लिए तुरंत छोड़ द्रव के साथ उसके राज्य में चले गए. उथप्पा को बिना बताए, उसके दिल को ठेस पहुंचाते हुए उसने द्रव के साथ शादी कर ली. दोनों अगर उथप्पा का सम्मान करते हैं तो उसके ऐसा साथ नहीं करते. इसने तो उसे जान से मारने की योजना बना ली थी. द्रव उसे मार नहीं पाया. उथप्पा नाराज़ होकर वहाँ से निकल जंगल की ओर आ गया. जंगल से होता हुआ वो कुवलय के इलाके में प्रवेश कर गया. जिसका एहसास उसे तब हुआ जब कुवलय सामने आ गया. उस वजह से आज उथप्पा एक पक्षी का रूप बनाकर जहाँ-तहां घूम रहा था. वह असली रूम में तभी आ सकता है जब मेरे ऊपर सवार होकर अपनी तांत्रिक शक्ति का प्रयोग करें..."

यह बताते हुए घोड़े ने बताया

"मैं मानव की भाषा भी उल्मी के कारण जानता हूँ और उथप्पा की आँखों में उल्मी की कद्र देख चुका था. इसी कारण मैंने उल्मी से अपनी मानवीय भाषा को सीखने की सिफारिश की. उथप्पा बहुत साफ दिल का है. अब न जाने किस हालत में होगा...."

यह कहकर घोड़ा चुप हो गया. उसकी आँखों से टप-टप आंसू बहने लगे. सब जानवरों ने घोड़े की मदद करने का वादा किया और साँप को मारने दौड़ें. तभी घोड़े ने उन्हें रोकते हुए कहा

"उसे मत मारो क्योंकि अब वह उल्मी का पति है. उथप्पा कभी नहीं चाहेगा कि उल्मी विधवा हो जाए. वह आज भी उल्मी और द्रव से प्यार करता है किंतु इन दोनों के कपट भी नहीं भूल पाया है. फिर भी उन्हें कष्ट नहीं देना चाहता है."

वो शांत हुआ ही था कि उन्हें कुवलय के क़दमों की आवाज आई. आज सबने ठान लिया था कि सब मिलजुल कुवलय पर हमला कर देंगे. उससे अपनी जान-मान छीनकर पुनः असली रूप में आ जाएंगे और उसके चंगुल से आजाद हो जाएंगे. कुवलय के कदम धीरे धीरे पास आ रहे थे. कुवलय आज घोड़े का भोजन करने वाला था. उसने काली गुफा में प्रवेश किया और घोड़े की तरफ बढ़ने लगा. घोड़े के पास आ. उसने घोड़े को खाने के लिए पकड़ लिया. घोड़े ने राक्षसी आवाज़ में कुवलय से अपने जीवन की भीख मांगते हुए कहा

"अगर तुम मुझे छोड़ दोगे तो मैं ऐसा रत्न लाकर दूंगा जो जीवन भर तरह-तरह के भोजन को प्रदान किए गए."

यह सुनकर कुवलय दानव का चेहरा खिल उठा. उसने घोड़े को छोड़ते हुए पूछा

"आगे बताओ."

घोड़े ने आगे बताया

"मेरा दोस्त उथप्पा राक्षस के पास से दूर-जंगल में रहता है. मुझे वहाँ जाना होना और वो लाना होगा."

कुवलय ने कुछ सोचते हुए पूछा

"तुम वादा करते हो. मुझे वो रत्न लाकर दोगे."

घोड़े ने कुवलय से वादा किया. सब जीव दोनों की बातचीत सुन रहे थे. वो सभी मन ही मन घोड़े की बुद्धिमानी की दाद दे रहे थे. कुवलय दानव ने घोड़े से पूछा

"पर तुम रत्न लेकर कितने दिन में आ सकते हो?"

"वह रत्न लेकर......"

घोड़े ने सोचने का नाटक करते हुए कहा
"शायद 2-3 दिन में आ जाऊंगा..."
कुवलय दानव ने खुश होकर घोड़े से कहा कि
"तुम अपने दोस्त उथप्पा को भी लेकर आना."
घोड़े ने सिर हिलाकर हामी भर दी. कुवलय दानव मन ही मन खुश हो गया

'मुझे वो रत्न भी मिल जाएगा जिससे मुझे खाने की चिंता भी नहीं रहेगी और उत्थपा राक्षस और घोड़े, दोनों को खा जाउंगा' तो इन दोनों से ले ही ले गए साथ ही उन दोनों को भी खा दोनों को दिखाया जाएगा

कुवलय दानव से जाने की अनुमति मिलते ही घोड़ा सरपट दौड़ने लगा. वह कुवलय दानव की सीमा से जल्दी से जल्दी निकल जाना चाहता था. जैसे ही घोड़े ने कुवलय के इलाके की सीमा पार की. उसकी सांस में सांसें आई. उसने थोड़ा विश्राम किया और फिर महल की तरफ चल दिया. उस समय पेड़ पर बैठा उत्थपा राक्षस कुवलय दानव की सीमा की तरफ ही देख रहा था.

उधर द्रव के दो दिनों से घर ना आने के कारण. उल्मी बहुत परेशान थी. द्रव कितना भी बुरा हो, वो भले ही वो कैसा भी हो है तो उसका पति ही. उल्मी साथ ही उथप्पा को भी याद कर-करके रोए जा रही थी. बाज़ को अपने उथप्पा को ढूंढने का कहती, साथ ही कहती है

"काश! मैं उथप्पा के प्यार को समझ पाती. आज ना जाने उथप्पा कहाँ होगा? किस हाल में होगा? मेरे जीवन को बचाकर वह कहाँ खो गया? मैं भगवान से दोनों की सलामती की प्रार्थना कर रही थी..."

तभी उसे घोड़े की टाप की आवाज सुनाई दी. उल्मी ने जल्दी से उठने का प्रयत्न किया. वह उठ भी नहीं पाई. पैर की हड्डी में फिर से दर्द हो गया. उथप्पा पक्षी से दर्द से कराहती उल्मी की हालत देखी नहीं गयी. वह तुरंत पेड़ से उतरकर उसके पास गया. उसे अपने पर पंखों से आत्मग्लानि से भरी उल्मी को सहलाया और प्यार भरी निगाहों से देखने लगा. यह देख उल्मी को बहुत सुकून मिला. घोड़ों की टाप पास आती जा रही थी.

उथप्पा ने भी घोड़ों की टाप सुनी. जब उसने अपने घोड़े की आवाज़ सुनी तो से खुशी से नाचने लगा. उल्मी भोले-भाले पक्षी के नाचने को देखकर कुछ समझ नहीं पा रही थी. उल्मी आश्चर्य से पक्षी को देख रही थी. 2 दिन से गुमसुम बैठे पक्षी की ये हरकतें उसे हैरान कर रही थी. तभी उसे द्वार पर घोड़े के हिनहिनाने की आवाज़ सुनाई दी. पक्षी उथप्पा तेजी से पक्षी दरवाजे पर गया और अपने घोड़े को दरवाज़े पर खड़े देख उसकी खुशी का ठिकाना नहीं रहा. उथप्पा घोड़े के गले लग रोने लगा. घोड़े ने मानवीय आवाज़ में पक्षी उथप्पा का हालचाल पूछा. साथ ही उल्मी की तबियत का भी पूछा. पक्षी उथप्पा ने इशारों में उसने बताया कि वह ठीक है और उल्मी भी ठीक है. घोड़े ने उथप्पा की तरफ पीठ कर तुरंत अपने ऊपर बैठने का इशारा किया. उथप्पा उड़कर घोड़े पर सवार हो गया. घोड़े पर बैठते ही अपने असली रूप में आ गया. अपने मालिक का वास्तविक रूप देख घोड़े की आँखों में आंसू आ गए. उथप्पा ने घोड़े को बहुत प्यार किया. उसे अंदर ले गया और खुद उल्मी के कक्ष में गया. वो उल्मी उथप्पा को अपने सामने पा वो बहुत खुश हुई. उल्मी ने उथप्पा से पूछा

"तुम 2-3 दिन से कहाँ थे?"

उथप्पा ने उल्मी से कहा

"मैं तो यहीं था."

उल्मी ने कहा

"यहाँ नहीं थे. वरना मेरे टूटे पैर का इलाज करते हैं…"

तब उथप्पा ने हंसकर कहा

"तुम्हारा पैर अब तो ठीक है न…"

"कुछ कुछ."

उल्मी ने कहा. उथप्पा ने बताया

"जिस पक्षी ने तुम्हारा इलाज किया वो मैं ही तो था."

फिर उसने पूरी कहानी सुना दी. उथप्पा ने उल्मी को कहा कि वह जंगल में जा उसके लिए खाने के लिए फल-फूल आदि लेकर आ रहा है. उल्मी ने चिंता जताते हुए कहा

"जल्दी आना नहीं. कहीं फिर से रूप बदलकर मत आ जाना."

उथप्पा ने हामी भर दी. वो उल्मी की तरफ देख मुस्कुरा दिया.

उल्मी भी मुस्कुरा दी. उथप्पा घोड़े पर सवार होकर जंगल में गया और फलों के पेड़ से मीठे-मीठे फल तोड़ने लगा. तभी घोड़े ने बताया

"द्रव भी भटकता हुआ कुवलय दानव के क्षेत्र में पहुँच गया है."

यह सुनकर उथप्पा घोड़े के पास आ गया और उसने पूछा

"द्रव इस समय कहाँ है? उल्मी को उसकी बहुत चिंता हो रही है."

घोड़े ने ठुनककर कहा

"क्यों अपने दुश्मन को याद कर रहे हो? क्यों उसका हालचाल जानने की कोशिश कर रहे हो? क्यों उस दोस्त की फिक्र कर रहे हो जिसने तुम्हें मारने का प्रयत्न किया है."

उथप्पा ने घोड़े को सहलाते हुए कहा

"द्रव मेरा दोस्त है. उसने क्या किया यह मेरे लिए मायने नहीं रखता है वरन यह मायने रखता है कि वह मेरा दोस्त है, उल्मी का पति है, उसका सुहाग है. उल्मी उसे चाहती है. मुझे द्रव के विषय में विस्तार से बताओ."

घोड़े ने उथप्पा को बताया

"जब मैं कुवलय के शिकंजे में था तो द्रव मुझे वहाँ दिखाई दिया. वह मुझे देख बहुत खुश हुआ... जानते हो क्यों द्रव मुझे देखकर खुश क्या हुआ?"

"क्यों?"

उथप्पा ने एक बड़े पत्थर पर बैठते हुए पूछा. घोड़े ने बताना शुरू किया

"वो ये सोच कर खुश था कि अगर मैं वहीं था तो तुम भी वहीं आये होगे... और यहाँ वो तुम्हें आसानी से मार देगा... मुझे देख कर वो मेरे पास दौड़ा आया... उसने तुम्हारे विषय में मुझसे पूछा... मैंने उसे कुछ भी नहीं बताया... मेरे मना करने पर वो आग बबूला हो उठा... उसने मुझे बहुत मारा पर मैंने तुम्हारे विषय में कुछ भी नहीं बताया... वो मुझसे बहुत बार पूछ रहा था... तभी कुवलय दानव आता दिखाई दिया... मैंने कुवलय को आता देखा तो तुरंत द्रव को कहा कि वह अपनी तंत्र शक्ति से बंदर बन पेड़ पर चढ़ जाए और वहाँ बैठ जाए... वह झट से बंदर बन पेड़

पर चढ़ गया किंतु उसके हाथ से उसकी तांत्रिक अंगूठे गिर गई. उसकी ऊँगली से गिरी अंगूठी को कुवलय दानव ने उठा लिया. अंगूठी को जैसे ही कुवलय दानव ने हाथ में लिया है अंगूठी कीड़ा बन गई. कुवलय दानव ने उस कीड़े को चबाकर खा गया. कुवलय के जाने के बाद बंदर बना द्रव नीचे उतरा... उसके नीचे उतरते ही मैंने इशारे से उसे अपने पास बुलवाने का बहुत प्रयत्न किया... वो उस समय ना तो मानव भाषा और ना ही राक्षस भाषा समझ रहा था. वह सिर्फ बंदरों की भाषा ही समझ पा रहा था... तभी कुवलय के सैनिक आ गए मैंने बंधे हुए नृत्य करना शुरू कर दिया.. जिससे उनका ध्यान बंदर बने द्रव की ओर ना जाए... उनका ध्यान भटक जाए.. सैनिक मेरी तरफ आकर्षित हो गए.. तभी मैंने देखा बंदर बना हुआ द्रव जब वहाँ पड़े रेत में अपनी अंगूठी ढूंढने लगा है. रेत में हाथ मारते मारते... रेत के स्पर्श से वह सांप बन गया... मैं कुछ भी नहीं कर सका तो मैंने मानवीय आवाज़ में सैनिकों से कहा कि अगर मेरा सुंदर नृत्य और अधिक देखना चाहते हैं तो मुझे बंधन से मुक्त कर दें... उन्हें बहुत सुंदर नृत्य दिखाऊंगा... सैनिकों ने मेरी बात मान ली... मैं उनको नृत्य दिखा रहा था कि एक बवंडर आया और हमें उठाकर काली गुफा में ले गया... सैनिकों को तो काली गुफा के बाहर ही रोक दिया गया... मुझे काली गुफा के अंदर डाल दिया गया... वहाँ मैंने अनेको जीवों को देखा... उन सब को देखकर थोड़ी राहत महसूस हुई... तभी सांप बना द्रव भी रेंगता वहाँ आ गया... हम दोनों मेहमानों को देखकर उन लोगों ने हमारी कहानी सुनी... मैंने पहले द्रव से अपनी कहानी सुनाने को कहा था... उसने तुम्हारे साथ विश्वासघात और उल्मी से प्यार करने के बाद, विवाह करने की पूरी कहानी बता दी और कैसे वो तुम्हें अपने बीच में कबाब में हड्डी की तरह समझता था... इसी कारण वे तुम्हें मारना चाह रहा था... अपनी कथा सुनाकर जब सांप बना द्रव चुप हो गया तो सब लोग उसपर थू-थू करने लगे... फिर उन्होंने मुझे अपनी कहानी सुनाने को कहा. मैंने भी पूरी कहानी सुनाई तो सब तुम्हारी प्रशंसा करने लगे... सब द्रव को ही गलत बता रहे थे... तभी कुवलय दानव आया और मुझे खाने के लिए आगे बढ़ा... सारे जीव जंतु मुझे बचाने के लिए आगे बढ़ने ही वाले थे... मैंने इशारे से सबको मना कर दिया...

www.ingramcontent.com/pod-product-compliance
Lightning Source LLC
LaVergne TN
LVHW041716060526
838201LV00043B/760